Tous les visiteurs à terre !
est l'annonce lancée du paquebot,
invitant les personnes qui accompagnent
les passagers à descendre du navire.
C'est le signal du départ.

(Ce texte a été publié chez Denoël en 1969 et chez Actes Sud en 1997)

IMAV éditions
163, rue du Faubourg Saint-Honoré
75008 Paris
contact@imaveditions.com

ISBN : 978 - 2 - 915732 - 28 - 3

RENÉ GOSCINNY

TOUS LES VISITEURS À TERRE !

IMAV éditions

SOMMAIRE

René Goscinny, sa fille Anne et sa femme Gilberte

C'est à la mer que je dois d'être sur terre !

Préfacer *La Chartreuse de Parme* ou *Le Cid* serait à la fois prétentieux et grotesque. Oui mais imaginable.
Je crois qu'il serait en effet plus facile pour moi d'écrire un mot d'introduction à l'un de nos grands classiques que de me livrer à l'exercice qui consiste à éclairer le texte que vous allez lire. Et cela pour plusieurs raisons : préfacer, c'est écrire avant ou plus précisément écrire devant. Tout juste serais-je capable d'écrire une postface imprimée dans une police de caractère la plus discrète possible et qui demanderait en termes choisis : « Alors, vous avez aimé ? »
Je tiens mon père pour l'un des génies du siècle passé, et si notre sang est le même, la vie ne nous a pas laissé le temps d'évoquer les auteurs, les textes qui nous ont fait vibrer, qui nous ont façonnés l'un et l'autre. Nous avons échangé des propos qui aujourd'hui quand je me les repasse constituent mon trésor le plus précieux mais qui en substance disaient :
Lui : Donne-moi la main, mon petit chat, avant de traverser la rue.
Moi : Oui papa.
Lui : Tu connais ta table de 9 ?

Moi : Bien sûr, papa.
Lui : 8 fois 9 ?
Moi : À peu près 70.
Lui : À peu près, mon chaton.
Moi : Pourquoi il y a autant de bateaux dans ton bureau ?
Lui : Ce sont des maquettes. C'est fragile. Il ne faut pas toucher.
Moi : Ah… On dirait des jouets !

Je le regardais, fascinée par sa minutie quand il s'assurait qu'une voile était bien tendue et que le pont était ciré.

Bien sûr, il n'y a pas que les mots entre un père et son enfant. Il y a la chaleur de ma main dans la sienne, ses baisers du soir qui m'assuraient une nuit douce, son sourire qui allait de ma mère à moi et qui en disait long.

« Écrire devant » ce récit au visage de chroniques publié en 1969 n'est pas de mon ressort. Je n'ai pas encore l'audace du grand âge et je n'ai plus l'innocence de la jeunesse. L'innocence aurait permis à l'audace de s'exprimer et l'audace aurait aidé l'innocence à analyser !

Mais il paraît que la quarantaine est l'âge de tous les défis. Aussi vais-je tenter de relever celui qui consiste à écrire devant Lui, tout en écrivant après.

C'est à la mer que je dois d'être sur terre ! Mes parents se sont rencontrés en août 1964 à bord du paquebot *Antilles*. Coup de foudre. Mon père n'en était pas à sa première traversée, loin de là. Dans les années trente, pour relier l'Argentine où il vivait à la France où il revenait tous les ans, le bateau était le seul moyen de locomotion. Sans doute a-t-il sur l'océan perdu ses premières dents, ou dit ses premiers mots. Les paquebots ont donc été dans un premier temps du moins un moyen et non une fin, puisqu'ils permettaient à mon père et aux siens de rendre visite à leur famille restée en France.

Séjours qui cessèrent quand la tante Cécile dut coudre l'étoile jaune sur le pardessus de l'oncle Léon.
Plus tard, bien plus tard, après nombre de traversées entre New York où il émigra avec sa mère et la France, une nouvelle vie s'ouvrit à lui. La vie des rencontres auxquelles on doit le succès. Et le succès changea dans la vie de mon père le moyen en fin. En d'autres termes, il continua à prendre des paquebots pour revenir d'Argentine où nous allions chaque année passer nos vacances en savourant la traversée, en instrumentalisant le temps. Instrumentaliser ?
Les paquebots sont autant de théâtres où tout est codifié. Pour le scénariste qu'il était, la vie à bord était une gigantesque brève de comptoir, si l'on imagine que le comptoir mesurait plus de trois cents mètres !
Manquaient à ces tableaux leurs légendes, comme on en voit sous certains dessins d'humour.
Ici, mon père a écrit un texte libéré des contraintes des bulles. Un texte court qui pourrait si l'on y pense constituer une *légende* (pourquoi faudrait-il se couper une main en optant pour un sens ou un autre de ce drôle de mot ?) à quelques photos tirées pour la plupart de nos albums de famille.
On verra comme ma mère était belle et comme il était heureux. Ces deux adjectifs justifient le parti que nous avons pris d'accompagner ses mots de cette façon.
Si d'aventure, au détour d'une page, vous croisez une petite fille, surtout ne lui racontez pas la fin de l'histoire. Ne lui dites pas que les bateaux un jour rentrent au port, et emmènent avec eux la vie d'avant.
Je ne peux, en dépit de ma quarantaine assumée, me résoudre à ne pas lui laisser le dernier mot qui précédera le premier du récit qui s'ouvre à vous, aussi je vous livre cette phrase qui sonne si juste à l'heure où l'on gagne du temps, au prix même d'y laisser sa peau, l'obligeant bien souvent à faire machine arrière : « Tout porte à croire, malheureusement, que les traversées maritimes seront bientôt une chose du passé, et que nous n'aurons plus la sagesse de faire en quelques semaines ce que l'on peut faire en quelques heures. »

ANNE GOSCINNY

La vie à bord de quelques-uns des plus célèbres palaces flottants fut pour René Goscinny la source d'inspiration qui lui permit d'écrire ce récit. Ce voyage auquel nous convie l'auteur navigue entre ses souvenirs intimes et son imagination. On croisera au fil de la traversée des documents d'archives des plus grandes compagnies maritimes qui viendront compléter les très nombreuses photos inédites provenant des albums de famille de René Goscinny.

Antilles

« J'aime les grands bateaux. Un "trente mètres" pou

PAQUEBOT FORMOSE
MARIUS BAR PHOT. TOULON REPROD. INTERD

Eugenio C.

Ancerville

oi c'est la longueur du bar. » RENÉ GOSCINNY

France

Pasteur

Le Paquebot « GROIX » de la Cie des Chargeurs Réunis.
Tilo

PRÉFACE

Dès ma plus tendre enfance les hasards de la vie m'ont fait voyager à bord des paquebots. J'avais deux ans à peine la première fois que mes parents m'ont embarqué avec eux pour une longue traversée. **Je n'étais pas encore tout à fait un passager, mais plutôt un colis, qu'il fallait éviter d'oublier sur le quai avec les autres valises et paquets.**

Mais j'étais tout de même un colis privilégié, qui avait droit aux guili-guili du commandant. C'était d'ailleurs le seul souvenir qui m'est resté de cette traversée à bord du **Groix**, de la compagnie des Chargeurs réunis : les guili-guili et la belle barbe blanche du commandant.

Depuis, j'ai fait bien des voyages, et je peux dire que toute mon enfance a été bercée par le roulis et le tangage des navires. Parce que, même à terre, je ne pensais qu'à ça ; j'ai gardé le goût des ports, et, dans la ville lointaine où j'habitais, **j'allais souvent voir partir les bateaux, avec envie et bonheur, puisque je savais qu'un jour je partirais, moi aussi.**

Je rêvais, c'est normal, de devenir un de ces surhommes, un officier de marine, dont l'uniforme bleu et les galons dorés me subjuguaient. Oh, je ne rêvais pas de devenir commandant, être suprême trop au-dessus de mes ambitions, ni même un de ces officiers que l'on voit trop peu souvent. Car je voulais être vu des passagers, sinon, à quoi bon porter un uniforme ? Ce que je voulais, moi, c'était être commissaire. Je pensais que le commissaire partageait les joies des passagers, tout en gardant son prestige de marin. Et, ayant remarqué que les membres de l'équipage descendaient à terre en civil – allez savoir pourquoi –, je cherchais des stratagèmes pour débarquer en uniforme. J'imaginais des missions secrètes pour lesquelles la tenue était de rigueur, ce qui n'était logique

que dans mes rêveries, bien entendu. Je me voyais arrivant à l'école, et entrant dans la classe, où je trouvais ma maîtresse et mes camarades miraculeusement inchangés, qui se mettaient à pousser des cris d'admiration à la vue du fringant commissaire à trois galons que j'étais devenu. Mais je ne m'attardais pas ; je saluais la maîtresse en portant ma main gantée à la visière vernie de ma casquette, je faisais un salut amical à mes anciens condisciples en culotte courte, et je leur expliquais que je devais partir pour profiter de la marée. Ce qui n'était pas tout à fait vrai : avant de regagner mon bateau, je tirais une bordée qui me conduisait chez les amis de mes parents, dans l'épicerie où maman m'envoyait faire les courses et chez la petite fille que j'avais connue en vacances, mais dont j'avais perdu l'adresse. **Je faisais mes adieux à tout le monde, toujours en portant ma main gantée à la visière vernie de ma casquette.** Il n'était pas question, cependant, de faire mes adieux à mes parents ; eux, ils embarquaient avec moi, mais en qualité de simples passagers, les pauvres.

Il y avait, chez nous, un vase de cristal, pas très joli, décoré de galons dorés : un galon, deux galons et trois galons. Ce vase représentait pour moi toute ma carrière maritime, et je calculais en soupirant le nombre d'années qui me séparaient de ce premier galon.

J'ai perdu depuis bien longtemps le goût de l'uniforme, j'ai revu ma maîtresse et mes condisciples, qui ne sont pas du tout restés inchangés, ce qui m'a d'ailleurs consolé définitivement de ne pas être devenu commissaire. Mais, chaque fois que je vois un vase de cristal, je pense aux bateaux, à mon enfance émerveillée par cette vie à part, par cette magnifique aventure, qui commence toujours par cet avertissement nasillé :

TOUS LES VISITEURS À TE

RRE !

BERMUDA

1

ON BOUGE

Centers of Exciting Fun
to and from Hawaii on the
One of the liveliest

Outdoor tiled swimming pools . . . promenade-deck dining salons with roll-back domes and casement windows . . . all staterooms outside, each with private bath . . . famous features of the Santa Rosa and Santa Paula.

American recreation goes to sea . . .

Les préliminaires d'un voyage maritime sont longs et peu spectaculaires. Tout cela commence par des prospectus sur lesquels l'art du photographe a démesurément grossi le volume de la piscine. Des jeunes gens et des jeunes filles d'une grande beauté étalent leur joie de vivre sur des photos idéales ; les smokings blancs voisinent avec les hors-d'œuvre multicolores, et d'admirables stewards à l'uniforme bien coupé s'inclinent avec grâce pour offrir des boissons à des dames souriantes, bien installées sur leurs chaises longues, au bord de la vaste piscine, ou sur le large pont-promenade face à une mer d'huile. Une illustration montre quelques passagers dans le salon en train de prendre un verre avec le commandant abondamment galonné.

Tout cela semble trop beau pour y croire vraiment, et les sobres bureaux des compagnies de navigation ne font rien pour vous mettre dans le bain. On aimerait y voir passer des loups de mer tannés par le soleil, allant d'une démarche chaloupée rendre compte à l'armateur de la mutinerie qui a éclaté lors du passage du cap de Bonne-Espérance, ou des cas de scorbut qui ont décimé l'équipage au large des îles Sous-le-Vent, ohé, ohé, *farewell*.

Mais en fait de loups de mer, on ne trouve derrière les comptoirs que des employés bien terriens, et pas tannés du tout. Les plans du bateau, avec ses premières classes en rose, ses secondes en bleu et ses troisièmes en jaune infamant, ne suggèrent pas grand-chose ; tout cela est très abstrait, malgré les détails, les emplacements des tables dans la salle à manger, des fauteuils dans le salon, et des installations sanitaires dans les cabinets de toilette. Il y a bien les maquettes des navires, bien à l'abri dans leurs vitrines, mais elles non plus ne parviennent pas à vous donner l'atmosphère du départ. Elles intéressent surtout les enfants, qui étudient avec attention le théâtre de leurs futurs exploits. « Laisse ce bateau tranquille ! » disent les parents, qui seront malheureusement moins sévères en mer.

C'est au moment où l'on délivre les billets et les étiquettes à coller sur vos valises que vous commencez à regarder avec attention autour de vous, en vous demandant si les autres clients de la compagnie qui se trouvent devant les guichets s'embarqueront avec vous. Ce pasteur anglican, cette jolie fille, ce gâteux, lequel d'entre eux partagera votre table, deviendra une de ces intéressantes relations dont parlait le prospectus ? Et déjà, vous commencez un peu à rêver : vous endossez votre smoking blanc pour danser autour des hors-d'œuvre avec la jolie fille ; allongé sur votre transat, pendant que le steward impeccable vous sert une boisson rafraîchissante, vous écoutez votre voisin, le pasteur anglican, sorti tout droit d'un roman de Somerset Maugham, qui vous raconte ses missions. Le vieux gâteux, vous n'y penserez pas, et vous aurez probablement tort, car vous avez bien des chances pour que ce soit lui qui soit à votre table dans quelques jours ; quelques jours qui passent bien vite, encombrés de valises, de vaccins, de naphtaline et de passeports.

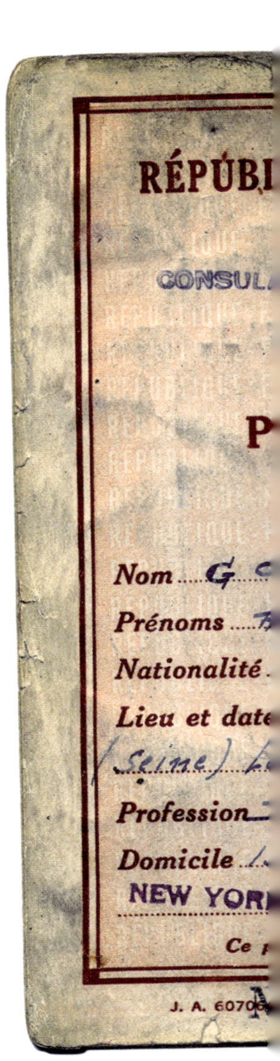

Et puis, tout à coup, comme par miracle, vous vous trouvez dans un hangar, dans un port. Un panneau, avec une flèche, indique : « Embarquement ». Le navire, caché par les entrepôts et les grues, vous l'avez à peine aperçu en arrivant; tout ce que vous en voyez pour l'instant, c'est un bout de passerelle d'embarquement, gardée par un policier.
Un steward en veste blanche passe décontracté, un jeune officier se dirige vers le bureau de la douane, sans un regard pour les passagers qui commencent à arriver, leurs documents à la main.
Un bien triste ramassis, d'ailleurs, ces futurs passagers.

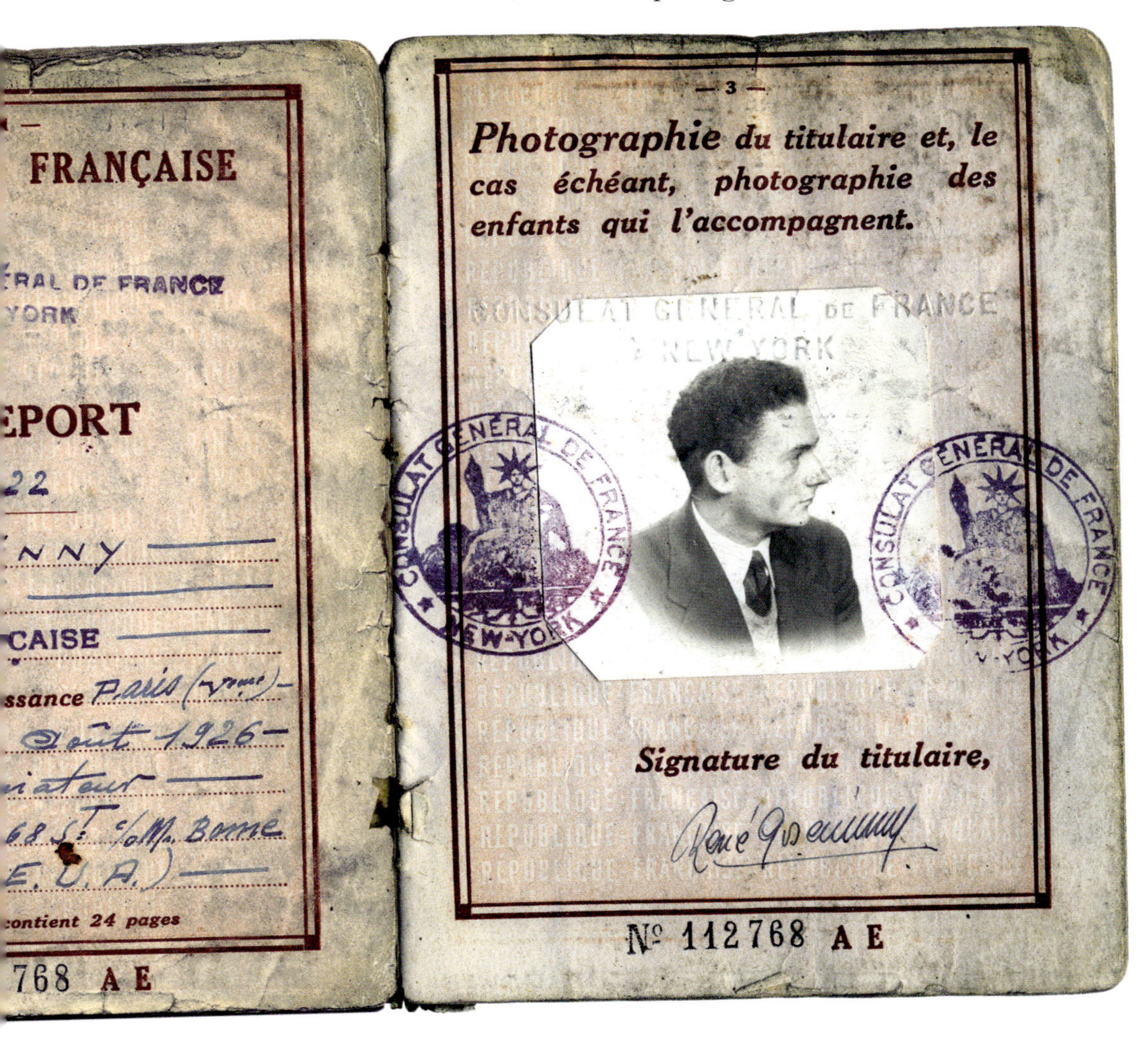
FRANÇAISE

ÉRAL DE FRANCE
YORK

EPORT

22

NNY

ÇAISE

ssance Paris (9ème)

Août 1926

contient 24 pages

768 AE

— 3 —

Photographie **du titulaire et, le cas échéant, photographie des enfants qui l'accompagnent.**

CONSULAT GENERAL DE FRANCE
NEW YORK

CONSULAT GENERAL DE FRANCE NEW-YORK

Signature du titulaire,

René Goscinny

No 112768 AE

Même pour la plus luxueuse des croisières, ils ont tous l'air d'émigrants fuyant la crise provoquée par une mauvaise récolte de pommes de terre. Encombrés de paquets mal ficelés, de sacs remplis à la hâte du trop-plein des valises, ils sont énervés, angoissés même. Ils ont eu peur de ne pas trouver de taxi, de rater le train transatlantique, de voir les autres émigrants passer avant eux devant les autorités chargées d'examiner leurs documents. Ils échangent des regards hostiles, et se disent tous que ça promet. Il y a déjà là deux ou trois gosses insupportables, deux roquets au comble de l'excitation, et, bien sûr, le vieux gâteux, le visage fermé, premier de la file, son passeport fatigué à la main.
« Mais c'est avec eux que je vais passer trois semaines ? » soupire chacun, et le jeune enfant, plus spontané que ses aînés, déclare en pleurant qu'il veut rentrer à la maison, et reçoit sa première taloche du voyage, qui sera aussi pour lui le dernier souvenir du plancher des vaches.

De ce ramassis, de ce tas, de ces énervés, de ces dégoûtés, va pourtant surgir un monde, une société organisée, avec ses problèmes et ses joies.
Les formalités expédiées, vous pouvez enfin vous diriger vers la passerelle d'embarquement; il y a encore une hésitation avant de quitter la terre ferme : les valises vont-elles suivre ? N'a-t-on rien oublié ? Et puis, au bout de quelques mètres, vous y êtes ! Une odeur de peinture fraîche, de caoutchouc, de goudron, vous donne un vertige de bonheur; et ce monde, qui ne sent déjà plus comme le vôtre, est pourtant tout aussi stable; il vibre un peu, c'est tout. Femmes de chambre et stewards vous pilotent le long de brillantes coursives feutrées, dans lesquelles vous

percevez un lointain murmure de mystérieux moteurs.
Vous avez pris possession de la cabine miraculeusement nette et rangée; vous en ferez bien vite votre trou, encombré de pommes et de menus rapportés de la salle à manger, de cartons d'invitation, d'accessoires de cotillon et d'exemplaires du journal du bord.
L'avertissement affiché sur la porte vous indiquant le numéro de votre canot de sauvetage, l'emplacement de votre gilet qui vous permettra de flotter si trop de femmes et d'enfants ont tiré le même numéro que vous, et les signaux et consignes à observer en cas d'abandon du navire vous étonnent un peu : le prospectus n'en parlait pas.
Vite, vite, vous allez visiter ce qui sera votre domaine pendant les jours ou les semaines à venir. Vous parcourez les ponts immobiles, vous êtes surpris par l'exiguïté de la piscine vide et protégée par un filet, vous visitez les salons, vous descendez dans la salle à manger, où vous retenez, comme on vous l'a conseillé, votre table auprès du maître d'hôtel. « Ne me mettez pas avec des gens ennuyeux », dites-vous. Le maître d'hôtel a un sourire discret. « Là, vous serez très bien », dit-il en vous indiquant une table sur son plan. Vous avez un sourire discret, et vous lui glissez ce pourboire que l'on vous a tellement recommandé de donner dès le départ. Vous vous quittez sur deux sourires discrets.

Et puis, après avoir monté et descendu les escaliers, visité les ponts, admiré l'embarquement d'une grosse voiture, vous entrez dans un salon ou dans un bar et vous vous asseyez dans un fauteuil.

Or, chose étrange, ou bien ce fauteuil deviendra votre nid, et vous vous y réfugierez toujours, entre les repas, par gros temps, pour lire, pour dormir ou pour souffrir, ou bien, vous ne vous y mettrez plus jamais. Et, dans ce cas, plus tard, pendant la traversée, vous aurez du mal à penser qu'un jour vous avez eu l'idée incongrue de vous asseoir là. Le navire, en tout cas, s'est rempli d'une foule bruyante et agitée, dans laquelle vous ne reconnaissez plus les émigrants du hangar. Et la spéculation recommence : lesquels sont des passagers, lesquels des visiteurs ? C'est qu'il y a quelques sales têtes dans le lot qu'on aimerait bien voir rester sur le quai, tout à l'heure. La magie a commencé à jouer : les soucis vieux de quelques heures, ceux de la vie quotidienne, se sont effacés. L'essentiel, pour l'instant, c'est que le petit monstre braillard et la grosse dame renfrognée ne restent pas à bord.

Un violent coup de sirène fait sursauter tout le monde, et vous entendez pour la première fois la phrase merveilleuse : « Tous les visiteurs à terre ! »

Le tri se fait dans un brouhaha vertigineux. Le petit monstre hurleur se dirige en courant vers la passerelle, mais, fausse joie, il est rattrapé à la dernière seconde par la grosse dame renfrognée ; ils restent.

Enfin, après quelques instants de grande confusion, de cris et de coups de sirène, plus rien ne rattache le navire au quai.

On bouge.

Le quai s'est éloigné insensiblement, et puis très vite, et une grande pitié vous envahit alors pour ceux qui sont restés là-bas et qui agitent des mouchoirs, et avec lesquels vous n'avez plus rien de commun.

Bientôt vous descendrez dans la salle à manger, où vous serez accueilli par le sourire discret du maître d'hôtel. À votre table, vous trouverez déjà installé le vieux gâteux, qui vous jette un regard surpris.

Le pire, c'est que c'est lui qui a l'air de se sentir roulé !

Premier avis,
affiché dans le hall de réception, pont C,
près du bureau du commissaire

AVIS

Suite à plusieurs
réclamations, nous
nous voyons dans
l'obligation de rappeler
à MM. les passagers
que l'accès de la grande
salle à manger est
interdit à tous les
enfants de moins
de 12 ans.

2

LES PRESTIGIEUX GALONS

Le navire, avec son atmosphère unique et son ambiance prestigieuse entièrement air conditionné, comme le disait le prospectus avec un remarquable manque d'imagination, est commandé par le maître d'hôtel. C'est cet homme au sourire discret, au mépris à fleur de peau, qui donne le ton à toute la traversée. Être bien avec le maître d'hôtel assure une bonne table au restaurant avec des compagnons supportables, des conseils avisés au moment des escales, des invitations prestigieuses pour les galas.

Il ne faut reculer devant aucune bassesse pour s'assurer la bienveillance du maître d'hôtel. Cela peut même être utile en cas de désastre, car un bon maître d'hôtel vous susurrera : « Ne prenez pas le canot n° 2 ; il a une voie d'eau. »

C'est le maître d'hôtel qui peut faire de vous un passager privilégié, ce qui, nous le verrons plus tard, sera votre souci majeur pendant tout le voyage.

Le barman commande en second; chargé de toutes les combines du bord, ayant des relations étroites avec tous les douaniers et officiers d'immigration du monde, il peut vous faire débarquer avec un passeport périmé (cela m'est arrivé) et vous mettre en garde contre son ami Pedro, douanier argentin, descendant de gauchos et particulièrement à cheval sur le règlement.

Grâce au barman, vous achèterez aux escales les mêmes cochonneries que vos compagnons de voyage, mais à un prix bien plus avantageux. Pour être bien vu de cet important personnage, c'est très simple : il faut consommer. Mais pas n'importe quoi. Évitez les limonades et la bière; le whisky et les cocktails, par contre, sont à conseiller. Le plus souvent possible, commandez du champagne et invitez beaucoup de monde à votre table. Dès le départ du navire, la première fois que vous irez prendre le café au bar, gagnez la considération du maître des lieux en réclamant un cognac. **Et si vous voyagez avec un enfant, laissez-le tremper les lèvres dans votre verre d'apéritif sous les yeux amusés du barman. Vous préparez ainsi l'avenir maritime du petit.**

Éminence grise toquée de blanc, le chef cuisinier échappe à votre action. Vous ne l'apercevrez que le jour de la visite des cuisines, et un soir de gala quand il viendra se faire applaudir pour la façon plus ou moins généreuse dont il a servi le caviar. La nourriture, à bord d'un navire, joue un rôle d'une importance capitale. Les mauvais chefs du *Potemkine* et du *Bounty* ont été la cause essentielle d'ennuis restés célèbres dans l'Histoire.

Garçons de table, stewards, deck stewards ont également une énorme importance à bord; si l'on veut garder un bon souvenir de la traversée, il

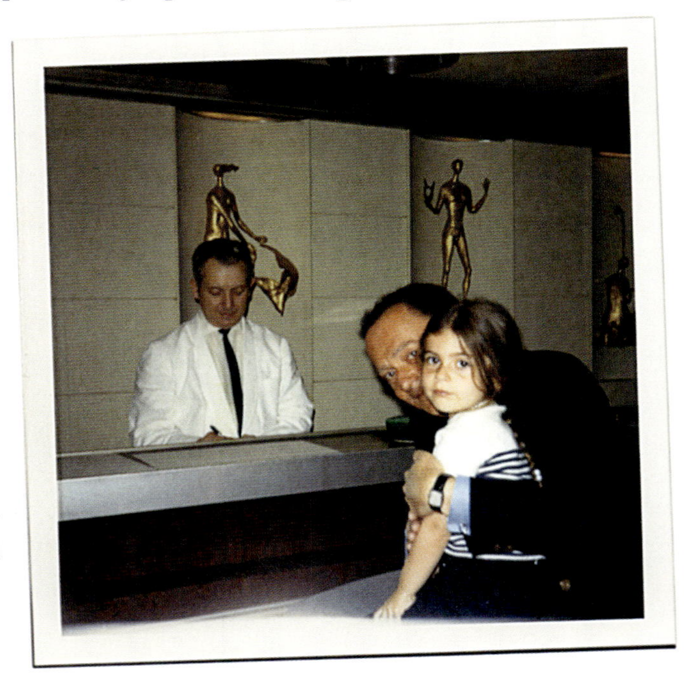

faut être vis-à-vis d'eux courtois, stylé, discret. Cette attitude suffit à épaissir les tranches de saumon fumé, à accélérer le petit déjeuner et à mettre les transats à l'abri du vent. Tout cela peut sembler dérisoire au néophyte, mais songez qu'il y a une phrase que l'on ne peut jamais dire à bord d'un navire en cours de traversée : « Si ça continue, je ne remettrai plus les pieds ici ! »
Certains bateaux de croisière engagent des animateurs. Ce ne sont pas des marins, et ils n'ont aucun poids; vous pouvez, à volonté, faire ami-ami avec eux, ou leur tirer la langue si le cœur vous en dit. Ils ont la plus mauvaise cabine du bateau, la table la plus mal placée, et c'est sur eux que les garçons renversent de la sauce par mauvais temps. Il faut cependant les admirer, car être toujours de bonne humeur dans ces conditions demande une force d'âme peu commune. Coiffés de cotillons, ils mènent la farandole sous l'œil ironique et méprisant du personnel. En cas de catastrophe, ce sont eux qui occupent le canot n° 2.
Et puis, il y a tout le monde invisible qui s'agite dans les profondeurs du paquebot, dans les régions où aucune moquette ni boiserie ne recouvre le métal originel : soutiers, mécaniciens, marmitons, charpentiers, hommes de peine qui voient rarement la mer. Et quand ils la voient, quand ils accèdent aux ponts supérieurs, c'est mauvais signe, très mauvais signe.
Un peu incongrus à bord d'un navire, photographes, imprimeurs, coiffeurs, vendeuses, musiciens vaquent à leurs occupations. Au milieu des marins, ils mènent – image hardie en la circonstance – une vie de naufragés sur une île déserte, isolés de tout et de tous. À l'exception, toutefois, des vendeuses du magasin du bord, qui, traditionnellement, doivent se défendre contre les entreprises d'un équipage privé de femmes. Ce n'est vraiment qu'une tradition, car les paquebots modernes sont assez rapides pour ne priver l'équipage de femmes que pendant quelques jours, voire quelques heures. Mais ça suffit.
Ils n'ont pas fait leur entrée tout de suite. À part le petit lieutenant anonyme aperçu sur le quai le jour du départ, les officiers ont attendu leur heure. Ils ont tout leur temps; c'est bien connu : la carrière d'un aviateur se calcule en heures de vol, celle d'un officier de marine en années de navigation. Le premier jour, la table de l'état-major, dans la salle à manger, est restée résolument vide. Ce n'est que le lendemain ou le surlendemain que le commissaire, le docteur et le chef des machines sont venus déplier leurs serviettes, avec un air absent et

blasé. Ils se laissent admirer, tout en évaluant le contingent qui sera à leur service pendant cette traversée. Jolies femmes, vieux habitués, monstres sont discrètement répertoriés ; un rapport précis sera fait aussitôt au commandant, caché dans ses appartements, et aux autres officiers encore à l'abri dans leur carré.

Déjà deux ou trois passagers, habitués de la ligne, sont allés saluer les représentants de l'état-major. Ils l'ont fait ostensiblement, au début du

repas, en épiant du coin de l'œil la réaction des autres passagers, ivres de jalousie. Les officiers acceptent l'hommage avec une courtoisie condescendante, et un couple revient à sa table rouge de bonheur, car le commissaire a accepté de prendre un verre avec eux au bar, après le repas. **Or, il est à remarquer que le passager est un P-DG, que sa femme, d'un snobisme échevelé, est présidente de plusieurs sociétés de bienfaisance plus prestigieuses qu'utiles, et qu'il n'est pas facile d'être reçu dans leur hôtel particulier. À leur table, à terre, il n'est pas rare de voir académiciens, hommes politiques, et autres hauts personnages que l'on trouve habituellement autour d'un turbot sauce mousseline.**

Et pourtant, pourtant, jamais ce couple éminent n'a éprouvé une telle joie, un tel sentiment de promotion sociale qu'à cet instant même, deuxième jour du voyage, quand le commissaire a accepté de prendre un verre avec eux !

La raison en est simple, d'ailleurs. Mis à part l'incroyable prestige de l'officier à bord d'un navire, il y a surtout le plaisir ineffable d'avoir autour de soi des spectateurs envieux. Les grands dîners, souvent ennuyeux, deviendraient merveilleusement excitants, si, tout autour de la table, on pouvait avoir des témoins, qui verraient tout sans avoir le droit de s'asseoir ni de participer à la conversation. Ces conditions impossibles sont réunies au bar, où tout le monde regarde la table autour de laquelle le couple élu rit exagérément aux remarques du commissaire. Et quand celui-ci, prenant pour prétexte les nécessités du service, se retire, ce couple fortuné, ce monsieur décoré, cette dame hautaine, quittent le bar à leur tour en jetant un regard circulaire même pas discret, et on a bien l'impression qu'ils vont dire, juste avant de sortir : « Et toc ! »

Le commissaire a donc commencé là l'essentiel de son travail. Il lui restera à calmer les récalcitrants pas satisfaits de leur cabine, à lancer des invitations,

à faire danser les dames de tous âges et gabarits, et à éviter courtoisement le couple fortuné qui, pour la troisième ou quatrième fois, lui empoisonne un voyage.
Le docteur est un personnage étrange. Sauf cas exceptionnel, ses activités professionnelles se réduisent à recoudre les matelots qui se prennent les doigts dans les poulies et reçoivent des palans sur la tête, et à administrer aux passagers des remèdes contre le mal de mer. Cela lui laisse le temps de se livrer à des tas d'activités personnelles : bridge, ping-pong, shuffle-board, tir au pigeon, collections diverses, voire même rédaction de Mémoires. Homme affable, un peu lointain, il vit à l'écart des autres officiers. Il ne se fait pas d'illusions sur son importance ; il sait que sur les bateaux où il y a moins de douze passagers, il est remplacé par une armoire à pharmacie.
Il y a peu à dire sur le chef mécanicien. Ses activités sont à ce point mystérieuses que les passagers finissent par croire qu'il n'est à bord que pour faire le quatrième à la table de l'état-major. Aussi, pour sauvegarder son prestige, il traverse de temps en temps les locaux des passagers vêtu d'un bleu de chauffe, et tenant à la main une lampe de poche. Il a ses coquetteries ; il sait, par exemple, qu'une tache de graisse sur la visière de la casquette étincelante de tous ses galons est du meilleur effet. Mais les voyageurs comprennent bien vite son énorme utilité à bord : c'est lui qui fait visiter la salle des machines aux passagers, en leur donnant des explications techniques, dont ils ne retiendront en général qu'une chose : ce qu'il peut faire chaud, en bas !
En ce qui concerne les autres officiers, c'est tout l'un ou tout l'autre, cela dépend des règles de la compagnie et de l'attitude du commandant. Ou bien il leur est interdit de se mêler aux passagers, et on ne fait que les apercevoir furtivement sur la passerelle, ou bien, ordre leur est donné de participer étroitement à la vie du bord.
Dans ce dernier cas, les malheureux deviennent de véritables entraîneurs, des taxi-boys ; les soirs de gala, ils doivent faire danser toutes les passagères, sans jamais insister sur les plus séduisantes, car ils ne doivent pas faire concurrence aux civils, qui, en smoking blanc, essaient de se conformer au prospectus cité plus haut. Mais les petits lieutenants ont des compensations sur lesquelles nous reviendrons avec le plus vif plaisir, et qui expliquent qu'il y ait encore des

candidats pour occuper les carrés. Précisons que le carré est le local où se réunit le cercle des officiers.
Et nous avons laissé pour la bonne bouche le commandant, Dieu le Père, dont le prestige n'a pas son pareil à terre.
Dernier à quitter le navire et à se présenter devant les passagers éblouis, **il est beau, le commandant ! Qu'il soit petit et gros, long et maigre dépendeur d'andouilles, affligé d'un nez bulbeux ou d'une calvitie totale, sa splendide auréole le rend joli. Sa présence fait défaillir les femmes et flatte leurs maris.** Ses invitations sont attendues avec une telle impatience, et les passagers leur accordent une telle importance, que l'armateur, ne faisant pas confiance au commandant débordé par sa propre cote d'amour, lui fournit une liste précise de ses invités, de ceux qui mangeront à sa table dans la salle à manger, de ceux qui dîneront dans ses appartements, de ceux qui assisteront à ses cocktails.

Accaparé, tiraillé, persécuté par de vieilles folles qui, avec des rires de gorge, brameront : « Mais vous êtes un fripon, commandant ! », le demi-dieu, le pacha, le sultan, ne trouvera son refuge que dans le mauvais temps et les passages difficiles, dont il prendra prétexte pour rester sur la passerelle, bénissant le moindre écueil que les hasards géographiques auront placé sur sa route.
Et demi-dieu est encore faible pour le qualifier ; tout-puissant, il sera capable d'atténuer le roulis et le tangage quand il aura décidé de se lancer sur la piste de danse, en donnant simplement l'ordre de diminuer la vitesse, ou de changer le cap du navire.
Bien que cela semble invraisemblable, le commandant est en général marié et père de famille. Il en parle peu, et on le voit mal dans ce rôle. La photo qui se trouve sur son bureau, et qu'ont pu voir quelques invités privilégiés, ne semble pas vraie. Cette femme au visage doux, sans grande séduction, ce lycéen monté en graine, cette petite fille à lunettes ne peuvent avoir de rapport avec le surhomme tanné par les embruns et par son collègue, le soleil.

Lettre du commandant à sa femme

Le Commandant

Ma Germaine chérie,

Quand cette lettre te parviendra, nous serons déjà sur le chemin du retour. N'oublie pas de passer à la compagnie voir Galetteau au sujet de mon congé.

Ce que tu dis de la petite dans ta dernière lettre m'ennuie. Qu'en pense le docteur ? A mon avis, nous devrions nous décider à lui faire enlever les végétations.

As-tu fait repeindre le living ? Je n'ai rien compris à ton histoire de devis ; fais pour le mieux. De toute facon, tu sais bien que c'est toujours toi qui décides.

Mon estomac me tracasse toujours, mais je fais bien attention.

J'espère que mon affaire de congé s'arrangera et que nous pourrons alors envisager de faire le petit voyage à Toulouse, chez ton filleul.

Embrasse mes poussins pour moi. Je t'embrasse, ma Germaine, et je te dis à bientôt. Je dois retourner sur la passerelle, car il y a des écueils dans les parages.

Ton André.

3

LES PENSIONNAIRES

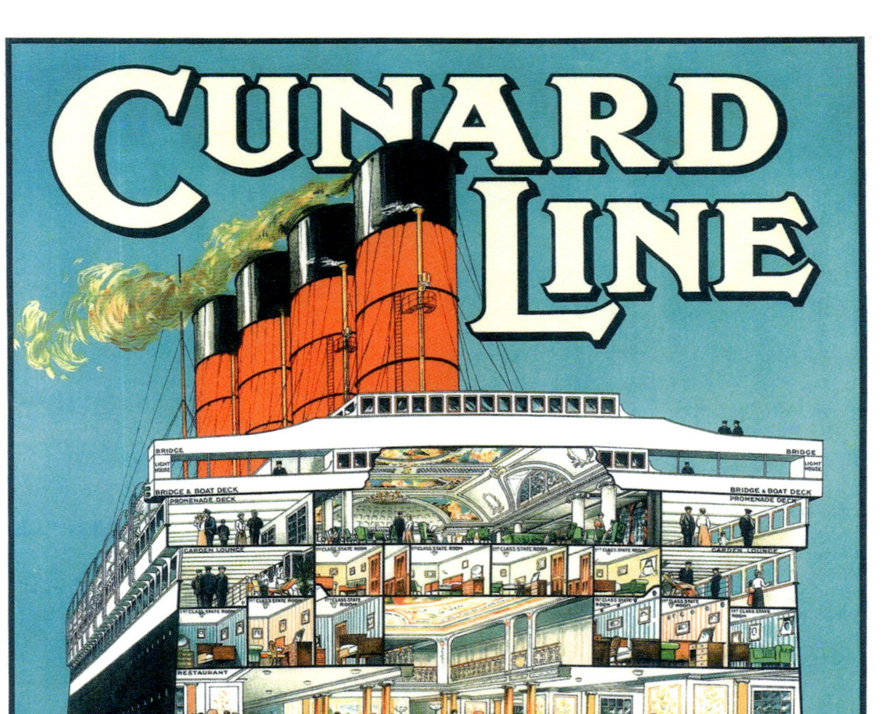

T. FORMAN & SONS, NOTTINGHAM, LIVERPOOL & LONDON.

Le commandant, calfeutré dans ses luxueux appartements, les officiers, bien à l'abri sur leur passerelle impeccable, oublient parfois que, nuit et jour, dans les flancs du navire, vivent, souffrent, luttent et s'agitent les passagers.

De ces passagers, nous ne connaissons encore que le couple-qui-a-déjà-voyagé-sur-la-ligne-et-qui-connaît-le-commissaire, et le vieux gâteux qui partage notre table à l'insatisfaction générale. Bien que nous n'ayons pas une sympathie particulière pour eux, nous ne manquons pas de les saluer d'un petit signe de tête chaque fois que nous les croisons dans les coursives ou sur les ponts.

Car les passagers désirent par-dessus tout lier connaissance. Handicapés par la timidité et la circonspection, ils arborent au départ des mines prudentes, renfrognées même, mais ils ne manquent pas une occasion de se saluer d'un signe de tête quand ils se croisent. Le fait de reconnaître quelqu'un, d'avoir voyagé avec lui dans le même compartiment du train transatlantique, ou d'avoir attendu sur le même banc l'appel des autorités d'immigration, est suffisant pour agrémenter le hochement de tête d'un sourire et pour faciliter un début d'échange social. Un début maintes fois renouvelé, car les ponts-

promenades sont circulaires et l'on se croise souvent à bord d'un bateau. Il faut comprendre que tous ces gens appartenaient, à terre, à un milieu social ; qu'avant leur départ ils ont fêté l'événement avec des amis, qu'ils ont été pendant quelques jours le pôle d'attraction :
— Ah, vous en avez de la chance de faire un beau voyage !
— Oh, vous savez, moi, ce que je recherche, c'est le repos et la tranquillité. Ce que je veux, à bord, c'est qu'on me laisse en paix. Seul.
Et puis ils se sont retrouvés seuls, et c'est insupportable. Leur société n'existant plus, il faut en former vite une nouvelle, et tous souffrent de l'angoisse de ne pas savoir quelle place ils occuperont dans cette nouvelle société. Même le couple-qui-a-déjà-voyagé-sur-la-ligne-et-qui-connaît-le-commissaire a eu un coup au cœur en constatant que le vieux gâteux a été longuement reçu *dans* le bureau du commissaire. D'aucuns disent qu'on y a même entendu des éclats de rire !
Les premières relations sérieuses se font au bar. La flamme d'un briquet est suffisante pour réchauffer l'atmosphère et pour fêler la glace. Tout de suite, avec des sourires reconnaissants, ce monsieur qui semblait inabordable, cette famille resserrée dans un cercle défensif ont commencé à parler de la houle et du beau temps :
— Nous avons de la chance, la mer est calme…
— Oui, mais il paraît que nous avons sorti les stabilisateurs.
Notez comme la solidarité du voyageur avec le navire qui le transporte est remarquable; le passager se gargarise à l'idée de faire partie intégrante du bâtiment, en utilisant le langage qui convient : « *Nous* accostons » ; « *Nous* changeons de cap » ; « *Nous* prenons de la gîte » ; « *Nous* faisons du mazout ».

Dans cet univers clos, dans ce stalag somptueux et flottant, les rumeurs vont bon train, les bouteillons d'eau de mer se répandent partout. Ce monsieur qui n'a quitté la salle à manger que pour aller au bar nous a appris que *nous* avons sorti les stabilisateurs. Cela permettra à son interlocuteur de dire à un confrère que *nous* avons un grain en perspective ; ce grain va grossir jusqu'à arriver au commissaire stupéfait sous forme de tempête.
La météo prend une valeur essentielle à bord d'un navire pour des raisons évidentes ; la solidarité joue à plein : quand le bateau bouge, tout le monde bouge. Des gens qui ne s'intéressaient au baromètre que pour : « Chérie, il baisse, je mets l'imperméable ? » sentent dans leurs viscères l'importance de ce petit vent frais qui frise la surface de la mer et du whisky dans les verres. Les passagers ont déjà lié connaissance, les chaises longues forment des quartiers bien distincts ; on y papote, et il paraîtrait même qu'une dame a proposé à une autre dame de lui prêter son livre. Le petit monstre a renversé sa première tasse de consommé sur la couverture du vieux gâteux, réveillé en sursaut.
On commence d'ailleurs à se poser des questions au sujet du vieux gâteux. Il paraît que c'est un richissime industriel à la retraite ; depuis qu'il a perdu sa femme, il voyage sans cesse, il n'a pas l'intention de laisser grand-chose à ses enfants, vous savez ce jeune couple qui l'accompagnait sur le quai. Mais non, il était seul dans le compartiment du train avec moi. C'est un ancien ministre. Il paraît qu'il ne fait pas la croisière, il va débarquer, en mission pour le gouvernement. C'est un des actionnaires de la compagnie. Non. Il paraît que c'est un ancien commandant.
Les groupes se sont formés qui discutent ferme. Les premières relations, comme les premiers fauteuils du départ, sont totalement abandonnées, ou, plus rarement, définitivement adoptées. On n'en est pas encore à se taper

sur le ventre, pour cela il faudra attendre le premier gala, mais une certaine intimité de petit hôtel de villégiature se forme. La liste des passagers a été déposée dans les cabines. Elle est consultée avec avidité, d'abord pour vérifier si on y est, ensuite pour essayer d'identifier les compagnons de voyage dans tous ces noms inconnus, dans cet annuaire étrange, où l'on précise que

Mlles Yvonne et Germaine sont des : (enfants). On se demande si M. Valenton Georges, c'est le vieux gâteux, bien que la plupart des intéressés pensent que c'est plutôt M. Varsow Yendo, jusqu'au moment où le plus banal des passagers consultés s'écrie : « Mais non ! Varsow Yendo, c'est moi ! »

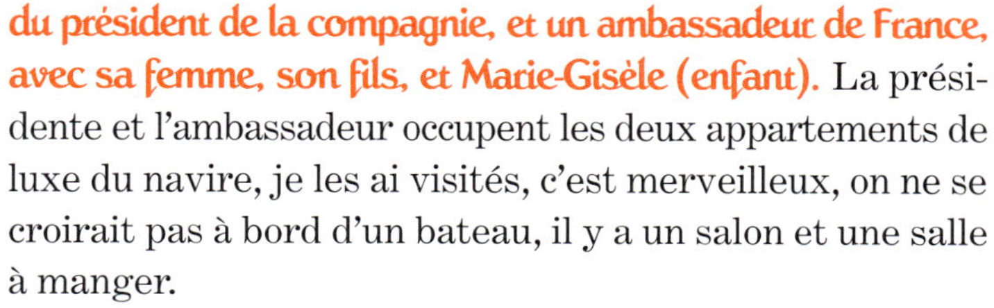

On sait, en tout cas, que des personnalités se trouvent à bord : il y a la femme du président de la compagnie, et un ambassadeur de France, avec sa femme, son fils, et Marie-Gisèle (enfant). La présidente et l'ambassadeur occupent les deux appartements de luxe du navire, je les ai visités, c'est merveilleux, on ne se croirait pas à bord d'un bateau, il y a un salon et une salle à manger.

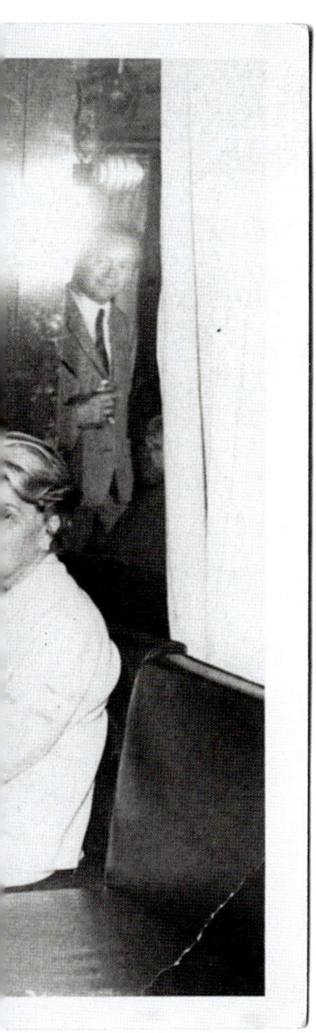

« Je sais, dit la dame-qui-a-déjà-voyagé-sur-la-ligne-et-qui-connaît-le-commissaire, nous avons essayé d'avoir un de ces appartements, mais il était déjà réservé. Et par des gens qui ne paient pas, encore ! »

Tout le monde est d'accord, et tout le monde prétend regretter de ne pas avoir pu occuper ces appartements, qui semblent avoir été l'objet d'une fameuse ruée de candidats. Car la jalousie s'est fait jour, et on commence à surveiller les passagers privilégiés. La présidente et l'ambassadeur sont sûrs d'être invités par le commandant dans ses appartements, et l'accès de la passerelle leur est ouvert. Marie-Gisèle (enfant) se vantera même d'avoir tenu la barre, et, à ce récit prestigieux, le petit monstre (enfant ?) piquera une colère dont un cendrier aux armes de la compagnie fera les frais.

Même le plus luxueux des bâtiments devient vite une pension de famille, avec ses petits soucis mesquins. Les suppléments à table sont observés avec haine ; d'autant plus que ces suppléments sont gratuits et ne dépendent que du bon vouloir du maître d'hôtel. Cette tablée d'industriels fortunés explose de bonheur, car le garçon leur a chuchoté : « Ce soir, le maître d'hôtel va vous préparer des

crêpes flambées ! » Depuis leur plus jeune âge, depuis l'époque où leur papa leur disait : « Mange ton caviar et tais-toi », jamais ces magnats n'ont ressenti une telle joie à l'annonce du dessert.

Ce n'est pas par hasard que la crêpe flambée est la gâterie traditionnelle de la marine marchande. C'est parce qu'une crêpe qui flambe se voit de loin, et le service hôtelier sait bien que le plaisir du passager dépend de ceci : il faut que les autres soient témoins du privilège. **Ceux qui ont la chance de fêter leur anniversaire à bord auront l'heureuse surprise de voir arriver un gâteau surmonté d'une bougie, qu'ils souffleront aux applaudissements des autres convives, qui, eux, n'auront pas leur part du gâteau en question.** « Joyeux anniversaire » sera néanmoins chanté par tous les pensionnaires, et le commandant ira même jusqu'à la poignée de main.

Cela fait deux jours que le bateau navigue quand les jolies filles font leur apparition. Où se sont-elles cachées jusque-là ? Tout le monde l'ignore ; elles n'étaient pourtant pas sur le quai mêlées à la triste humanité que nous y avons vue. Et cependant, tout aussi mystérieusement, tous les jeunes officiers du carré savaient qu'elles étaient à bord, et tous les détails étaient connus en ce qui les concerne.

Prêtres et bonnes sœurs ont commencé leur ronde interminable autour des ponts-promenades ; tout le monde se connaît déjà un peu, pas encore assez pour s'éviter, cependant.

Le petit monstre a brisé un verre au bar. Le barman a eu des mots très durs avec la maman du petit monstre.

Il paraîtrait que le vieux gâteux appartiendrait à un service de renseignements.
Le couple-qui-a-déjà-voyagé-sur-la-ligne-et-qui-connaît-le-commissaire n'a pas été invité au premier dîner offert par le commandant.
Et, avant ce dîner, le commissaire, prenant un verre avec le commandant, lui raconte en riant qu'il circule des rumeurs de tempête. Le commandant lui répond qu'en effet il faut prévoir une mer très forte dans la nuit.

Lettre de la dame-qui-a-déjà-voyagé-sur-la-ligne-et-qui-connaît-le-commissaire, à son amie intime, Marie-Lise de V...

Chère Zette,

Eh bien nous voici à nouveau sur notre bon vieux paquebot, où nous avons été accueillis avec joie par tout le personnel que nous connaissons bien. Le commissaire, cet homme charmant dont j'ai déjà parlé, est particulièrement à nos petits soins et ne sait pas quoi faire pour nous être agréable, c'en est presque gênant.

D'autant plus que Pierre tient absolument à sa tranquillité, et qu'il ne veut pas être entraîné dans une vie mondaine à bord, et comme je le comprends! Nous avons réussi, jusqu'à présent, à nous défiler de toutes corvées : dîner à la table du commandant, etc.

Le voyage se poursuit agréablement, bien que nous ayons sorti les stabilisateurs.

Je t'embrasse, ainsi que Louis. Pierre vous envoie ses amitiés.

4

SERPILLIÈRES ET CUVETTES

Pendant la nuit, en effet, le bateau, la plupart des passagers et Yann Le Grohidec, mousse, se sont mis à craquer et à gémir. La situation a vite empiré, au point que le docteur du bord a dû se lever à deux reprises (il paraît que le vieux gâteux a eu une crise cardiaque), une fois, notamment, pour aller calmer le mousse, très agité, dont c'est le premier voyage, et qui maudit avec force la tradition maritime des Le Grohidec. Yann, qui, dans les circonstances présentes, entre deux hoquets, se considère vraiment comme le dernier représentant de la famille, regrette amèrement de ne pas avoir suivi l'exemple de son cousin Yvon, qui, plutôt que de se perdre en mer, s'est retrouvé garçon de café dans un petit bar près de la gare Montparnasse, à Paris.

Le matin, les passagers hagards ont vu à travers leurs hublots battus par les embruns que tout était gris, sombre et extrêmement en colère. Mais au lieu d'admirer la féroce grandeur des éléments déchaînés, l'attention des voyageurs s'est portée plutôt vers le niveau d'eau dans les carafes, vers les vêtements accrochés aux patères, vers les rideaux qui vont de droite à gauche, avec un petit arrêt écœurant entre chaque mouvement.

Mal de mer a pris le vaisseau à l'abordage sans rencontrer de résistance, et son équipage de nausées bilieuses s'est répandu dans les coursives, dans les cabines, sur les ponts et dans les salons. Pour le combattre, armes dérisoires, il n'y a que des serpillières, des cuvettes, des pilules et des demi-citrons. Stewards et femmes de chambre écopent à tour de bras pour éviter au navire de sombrer dans un désespoir nauséeux.

Les malades se sont divisés en deux groupes : ceux qui n'ont plus la force de se déplacer et qui veulent mourir dans l'intimité de leur cabine puante, et ceux qui ont encore assez de volonté pour désirer rendre leur dernier hoquet face au vent, allongés dans les transats, sur le pont.

Enveloppés dans des couvertures, immobiles, les yeux fermés, le visage cireux, les victimes ne réagissent même pas quand le deck steward, sadique, leur propose le bouillon de onze heures. Ils n'ont même pas un regard pour le matelot qui, sifflotant et impassible, continue de repeindre soigneusement les superstructures d'un navire dont tout porte à croire qu'il deviendra fantôme. Ils n'entendent pas, les malheureux, ni le bruit du vent, ni le vacarme de la mer, ni les gifles des embruns furieux sur les glaces qui protègent le pont-promenade; ils n'entendent que le délicat cliquetis des tasses et des petites cuillères sur le chariot du deck steward.

Et puis, hélas, ils entendent aussi les conseils des bien-portants.

Parce qu'ils existent, les ignobles individus, et ils veulent que ça se sache. Au lieu d'être discrets et de respecter la souffrance d'autrui, ils sont partout à la fois, et tiennent à mener de façon ostentatoire une vie normale à bord de ce qui était un paquebot, et qui n'est plus qu'une épave aux relents de bile. Et ils tiennent à donner des conseils, semblant ainsi obéir aux consignes on ne sait de quelle mystérieuse organisation internationale en faveur du mal de mer à la portée de tous :

« Mangez, mangez ; il ne faut pas rester l'estomac vide. »

« Ne buvez pas, ou alors, un peu d'alcool ; ça vous remontera. »

« Gobez un œuf cru. »

« Fumez une cigarette. »

« Marchez un peu. »

« N'y pensez pas. »

La cloche du déjeuner a résonné comme un glas. Stewards et femmes de chambre harassés portent quelques tristes plateaux chargés de jambon, de purée et de pommes aux partisans de la théorie de ne pas rester l'estomac vide. Yann Le Grohidec s'est vu servir des sardines à l'huile et un verre de vin rouge par quelques matelots rigolards, chassés à coups de pied et en breton par le bosco compatissant.
Les plateaux sont restés pleins et les estomacs ont continué à se vider ; la valse des serpillières a repris avec entrain. Et pendant ce temps, dans la salle à manger, c'est l'heure de gloire des rescapés du mal de mer. On se compte, on se rengorge d'être là, et on se congratule d'être aussi peu nombreux. On accepte avec simplicité les félicitations du maître d'hôtel et des garçons, pas bêtes, comme d'habitude, et qui savent à quel point leurs clients sont fiers de leur glorieuse assiduité. On échange des sourires complices avec les membres de l'état-major, calmes et sûrs d'eux-mêmes, et, très certainement, assez fiérots, eux aussi.

Le déjeuner ne se passe pas sans incidents ; un coup de roulis plus prononcé provoque de gros bruits de vaisselle cassée dans l'office, et la chute d'un garçon avec son plateau. On rit beaucoup. Et puis, une dame, rose de bonheur d'être la seule femme présente dans la salle à manger, est devenue toute blanche et est sortie en courant, pas assez vite cependant ; elle est malade devant le grand escalier qui conduit au hall d'accueil. Deux autres personnes abandonnent aussitôt le combat. Les rires et les petits signes d'intelligence ont cessé. Le seul qui ait conservé une attitude naturelle pendant tout le repas, c'est le vieux gâteux. Le nez plongé dans son assiette maintenue par les violons de mauvais temps, il n'a relevé la tête que pour redemander de la sauce au garçon.
Dans la salle à manger des enfants, seul le petit monstre est là ; il rit chaque fois que le garçon trébuche.
L'après-midi n'apporte pas de grosse amélioration. Le couple-qui-a-déjà-voyagé-sur-la-ligne-et-qui-connaît-le-commissaire a dû refuser une invitation à prendre un verre chez le commandant pour des raisons indépendantes de sa volonté.
C'est à l'heure du thé qu'un rayon de soleil a percé les nuages et qu'une dame a accepté un biscuit des mains du deck steward. Il paraît que le commandant a déclaré que c'est une des plus fortes tempêtes qu'il ait connues en trente ans de navigation. Ce n'est pas que le commandant ait mauvaise mémoire, car il a fait la même déclaration lors du voyage précédent, de celui d'avant, et à chaque traversée. Il sait que ça flatte et console même les plus malades. Il ne fait courir cette rumeur que quand l'accalmie s'annonce, quand il s'agit de remonter le moral de ceux qui entrent en convalescence, et de ceux qui commencent à se demander franchement combien de temps encore ils échapperont aux atteintes honteuses du mal de mer.
Les prêtres et les bonnes sœurs sont sortis de leur cabine, et, le pas mal assuré, ont repris leur ronde sur le pont-promenade.

Le barman donne des renseignements météorologiques optimistes à ses premiers clients un peu pâles, qui, à toutes petites gorgées prudentes, font descendre leur whisky, et semblent étonnés de ne pas le sentir remonter.

Un large carré bleu à l'horizon va permettre au soleil de se coucher tranquillement ; le roulis est devenu paresseux. Le bar est plein, on raconte en riant les expériences de la journée ; on apprend avec surprise que la plupart des passagers ne sont restés allongés que par prudence, et souvent victimes uniquement de la fatigue et de la somnolence provoquées par le mouvement inhabituel du bateau.

Bref, tout le monde a été bercé.

Quand le gong du dîner sonne, stewards et femmes de chambre se réunissent pour boire un verre bien gagné. Ils se demandent ce que ce serait si on devait affronter une vraie tempête au cours de la traversée.

C'est en allant faire dodo que le petit monstre a été malade tout le long de la coursive supérieure, pour achever le travail sur le tapis du salon.

La lune brille sur la surface plate de la mer, et Yann Le Grohidec, dispensé de service, écrit une lettre à ses vieux…

Extrait de la lettre de Yann Le Grohidec à ses vieux

... et je sais que le père du grand-père s'est perdu en mer et qu'on a la médaille dans le cadre au-dessus du bahut. Je sais que le grand-père a perdu une jambe et le père un doigt sur les cap-horniers. Je sais que l'oncle Younik il a fait le naufrage et que la tante Maryvonne elle a aussi la médaille dans le cadre au-dessus de son bahut à elle. Je sais que le cousin Jean-Marie il a fait la guerre dans les sous-marins et que le recteur a fait mettre la plaque avec son nom sur le mur de l'église, à côté de la plaque du cousin Julien, celui qu'est mort du scorbut dans le vieux temps. Je sais que chez les Le Grohidec on va à la mer et qu'on n'a pas peur d'y rester, et quand j'étais tout petit le premier jouet que m'a donné le père c'est le petit bateau dans la bouteille, même qu'il fallait que je fasse attention parce que ce bateau c'était le Paimpol, celui qui s'est perdu avec le père du grand-père.

EH BIEN MOI J'EN AI RAS LE BOL, ET...

5

LES FEMMES ET LES ENFANTS D'ABORD

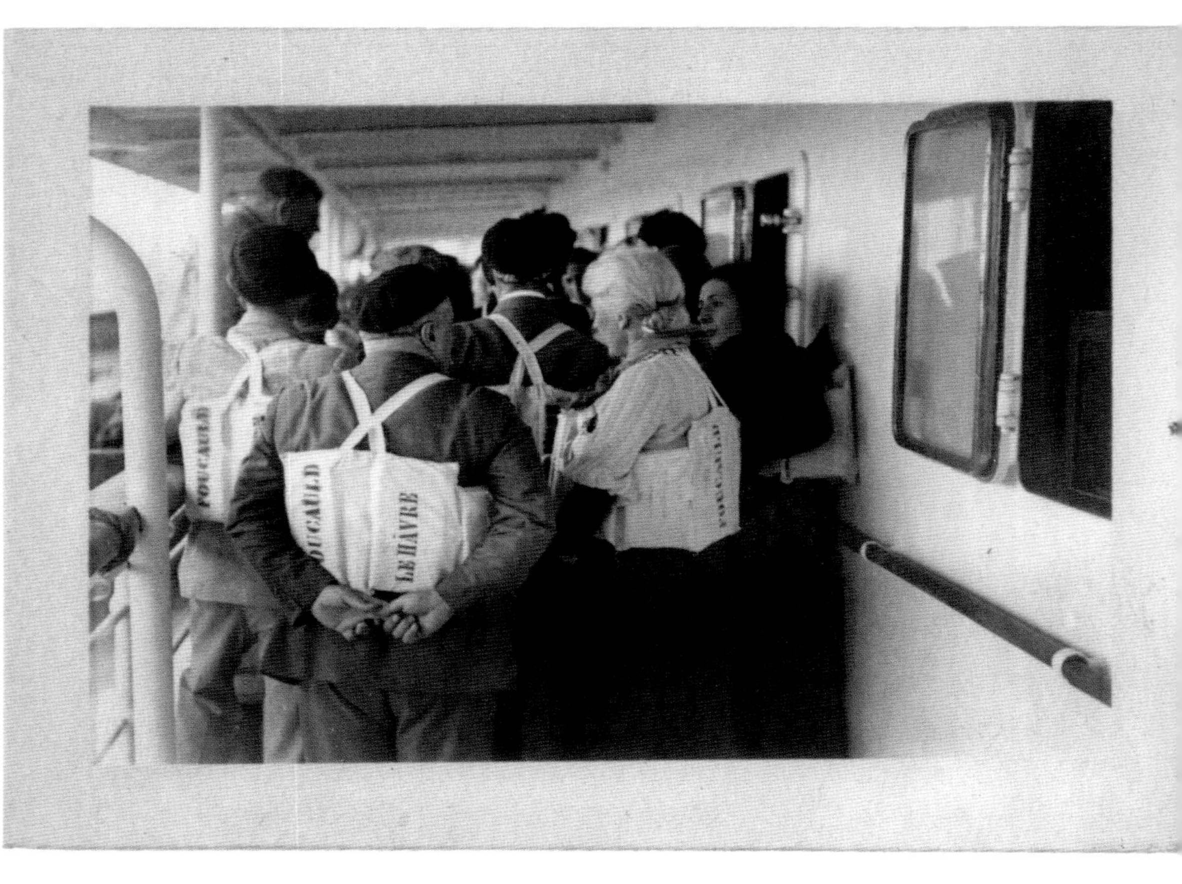
FOUCAULD
OUCAULD
LE HÂVRE
FOUCAULD

Les passagers ne sont pas laissés longtemps livrés à eux-mêmes et des activités sont prévues pour les distraire et les occuper.

La première de ces manifestations destinées à habituer les terriens à leur nouveau domaine est, assez curieusement, l'exercice d'abandon du navire.

Comme l'ont indiqué des instructions distribuées dans les cabines, à l'appel du signal d'alarme, les passagers sont priés de se munir de leur gilet de sauvetage et de se diriger sur le pont-promenade pour se poster sous le numéro qui désigne l'emplacement de leur canot.

Ces instructions ont déjà donné lieu à pas mal de commentaires ; les esprits forts ont décidé de s'abstenir de participer à l'exercice. Le sourire ironique et un peu méprisant, ils paraissent signifier qu'en cas de naufrage on ne les verra pas se mêler à la panique et à la promiscuité des canots. Bien au contraire, après avoir cédé leur ceinture de sauvetage à une pauvre femme accablée, revêtus de leur smoking, ils videront un dernier verre de whisky, après avoir chanté : « Plus près de toi mon Dieu », qui semble occuper la première place au « hit-parade » des meilleures catastrophes.

French Cie Gle Transatlantique Line

SÉCURITÉ

PONT ____

CABINE N° ____

Votre **brassière de sauvetage** se trouve dans cette cabine.

Endossez-là comme un vêtement ordinaire en passant les bras dans les bretelles.

Ne mettez **jamais** la brassiere **sans les bretelles.**

Réglez les bretelles pour placer la brassière **le plus haut possible** sous les bras.

Réunissez les deux extrémités sur la poitrine et fixez-les ensemble **solidement** au moyen des cordons.

SAFETY

____ DECK

STATEROOM N° ____

Your **life belt** is in this stateroom.

Put it on just as you would an ordinary jacket, your arms through the shoulder-straps.

Never wear the life belt **without the shoulder-straps.**

Tighten the shoulder-straps so as to bring the belt **as high as possible** under the arms.

Pull the two ends of the belt together across your chest and tie the tapes **very securely.**

SEGURIDAD

PUENTE ____

CAMAROTE N° ____

Su chaleco de seguridad esta en su camarote.

Pongaselo como un vestido ordinario pasando sus brazos en los tirantes.

Nunca se debe poner el chaleco de seguridad **sin los tirantes.**

Ajuste Ud sus tirantes al fin de poner su chaleco **lo mas alto posible** bajo sus brazos.

Junte Ud las dos extremidades del chaleco sobre el pecho y fije las **fuertamente** juntas con los cordones.

ALARME

Le **signal d'alarme** consiste en 5 coups longs donnés par klaxon et sifflet.

— — — — —

A ce signal :
- Allez dans votre cabine.
- Couvrez-vous chaudement.
- Mettez votre brassière de sauvetage.
- Suivez les flèches d'évacuation, laissez-vous guider par le personnel, et rendez-vous au

PONT ____ COTÉ ____

ABANDON

Le **signal d'abandon** est donné par 6 coups brefs suivis d'un coup long.

• • • • • • —

A ce signal vous embarquerez dans le

CANOT N° ____

ALARM SIGNAL

The **alarm signal** consists of 5 long blasts by mechanical horn and whistle.

— — — — —

When the alarm sounds :
- Go to your stateroom.
- Put on warm clothes.
- Put on your life belt.
- Follow the indicating arrows, you will be guided by the stewards to go to

DECK ____ SIDE ____

TO ABANDON SHIP

The **signal to abandon ship** consists of 6 short blasts followed by one long one.

• • • • • • —

When this signal sounds, you will take your place in

LIFE BOAT N° ____

ALARMA

El toque de alarma se da por 5 pitadas largas de Klaxon y pitos.

— — — — —

Cuando se da el toque de alarma :
- Vaya Ud a su camarote.
- Ponga Ud un vestido caliente.
- Ponga ud el chaleco de seguridad.
- Siga Ud les flechas para evacuacion y deje los camareros guiar Ud. al fin de ir al

PUENTE ____ LADO ____

ABANDONO

El señal del abandono del buque se da por 6 pitadas cortas que sigue una pitada larga.

• • • • • • —

Al oir este señal Ud embarcara en

EL BOTE N° ____

PRINTED IN FRANCE

IMPRIMERIE TRANSATLANTIQUE

Nombreux sont les inquiets qui se demandent jusqu'où ira le réalisme de l'exercice, et nombreux sont les plaisantins qui leur expliquent qu'il faudra embarquer dans les canots, que ceux-ci seront descendus sur la mer, et qu'il faudra ramer un bon coup autour du navire. C'est là que nous remarquons pour la première fois le boute-en-train qui en rajoute, et qui prétend qu'on jettera quelques passagers dans l'eau pour vérifier la flottabilité des gilets.

Le couple-qui-a-déjà-voyagé-sur-la-ligne-et-qui-connaît-le-commissaire ne participera pas à l'exercice, car, dit-il, il a déjà voyagé sur la ligne, et il est parfaitement au courant de la chose.

Bien que prévenus, tous sursautent quand les coups de sirène répétés et les hurlements des klaxons retentissent dans le bateau. Les passagers sortent des cabines, assez gênés dans leurs gilets orange et plaisantant fort, pour bien montrer qu'ils sont conscients du ridicule de la situation, tout en prenant leurs distances avec l'événement.

Sur le pont, aux commentaires techniques alarmants (en cas de naufrage, de toute façon, la moitié des canots ne peuvent pas être descendus, alors…), se mêlent les plaisanteries du boute-en-train déchaîné (moi, j'ai apporté dans mes bagages un petit costume marin; comme ça, quand on dira les femmes et les enfants d'abord…). Cela fait rire certains, rassurés de l'innocuité de l'exercice, tandis que d'autres commencent à regarder avec méfiance l'individu avec lequel il faudra vivre pendant pas mal de temps, et qui risque de devenir redoutable.

On se montre du doigt le vieux gâteux, empêtré dans son gilet, et qui, sérieux comme un pape, s'est coiffé, allez savoir pourquoi, d'un chapeau mou.
Les officiers viennent passer les passagers en revue, s'intéressant particulièrement au sort des plus comestibles parmi les éventuelles naufragées. (Voyons, voyons, je vais vous aider, il faut bien remonter le gilet… comme ça… là… Il s'agit de flotter, mais pas la tête en bas… Plus haut… c'est ça.)
Les haut-parleurs annoncent que l'exercice est terminé. « Nous sommes sauvés ! » brame le boute-en-train. Tout le monde se retire, et seuls les enfants persistent à conserver leur gilet de sauvetage. Pas le petit monstre, toutefois, qui a balancé le sien par-dessus bord.
On commente favorablement la présence de la présidente à l'exercice. On est moins satisfait de l'attitude peu diplomatique de l'ambassadeur et de sa famille, qui ont assisté à la scène de la passerelle, armés de caméras.
Mais il y a d'autres activités à bord que l'exercice de sauvetage, qui risquerait, à la longue, de devenir lassant, monotone même.

Le programme est annoncé par le quotidien du bord, glissé tous les matins sous la porte des cabines. Ce journal, qui n'a pas son pareil à terre, mérite que l'on s'y attarde. Il publie, en effet, quelques dépêches soigneusement expurgées ; les mauvaises nouvelles sont censurées ou débarrassées de leur contexte menaçant.

Il est certain qu'au lendemain du 28 juin 1914, on a dû lire sur les journaux du bord : « Sarajevo. – Un incident a troublé les cérémonies de bienvenue prévues pour l'arrivée de l'archiduc François-Ferdinand. – À 15 heures, sur le pont-promenade, tournoi de ping-pong. » Les nouvelles locales prennent un relief extraordinaire, et M. Varsow Yendo aura la satisfaction, ou plutôt la consolation, de voir son nom imprimé en caractères plus gras que ceux utilisés pour les grands de ce monde, afin d'informer les autres passagers qu'il a perdu un briquet.

Les jeux qui se déroulent à bord des navires sont toujours les mêmes, et ce, depuis des générations : ping-pong, tir au pigeon d'argile, shuffle-board, deck tennis. Ils devaient exister du temps de l'arche de Noé, sauf peut-être le tir au pigeon, car il a été toujours mal vu de tirer sur les passagers, même en effigie, avant les pourboires de l'arrivée.

À ces jeux de pont, dont nous reparlerons, il faut ajouter le bridge, la canasta et le bingo, qui se déroulent à l'abri. **Tout cela donne lieu à des tournois, qui permettront au navire de se débarrasser d'un lot de coupes, médailles et autres verroteries destinées à récompenser les vainqueurs.**

Il ne faut pas oublier les paris quotidiens sur la distance parcourue par le navire dans les vingt-quatre heures. Il paraît que le vieux gâteux a gagné le premier jour, et qu'il a empoché une véritable fortune.

Si l'après-midi est réservé à la musique classique, les apéritifs et les soirées sont dansants. Suivant l'importance des bateaux, tous ces flots de musique sont déversés soit par des électrophones, soit par des musiciens au répertoire limité. **Ces musiciens sont des gens étranges et pâles, vivant dans les entrailles du paquebot, et que l'on n'aperçoit jamais à l'air libre, jamais en civil. Ils sont très utiles en cas de naufrage, car il est évident qu'ils donnent une dignité et une**

classe à la chose que le meilleur des électrophones diffusant le plus majestueux des hymnes d'adieu définitif ne saurait égaler.

Il y a aussi les séances de cinéma, où le public se trouve plongé dans un monde qui paraît bien lointain : un monde de rues, de maisons, de téléphones, de voitures ; un monde auquel on a déjà du mal à penser que l'on a appartenu, il y a à peine quelques jours. À la fin de la projection, c'est avec soulagement

que les spectateurs se retrouvent dans un univers familier de coursives, de ponts, de cabines et de barmen souriants.
Il faut cependant noter qu'en cas de mauvais temps la salle de projection peut être un endroit dangereux, et la vue d'une activité terrestre sur un écran qui remue peut conduire très rapidement de la nostalgie à la nausée.
Ajoutons, enfin, que les remarques du boute-en-train lors de la première séance de cinéma lui ont déjà valu quelques solides inimitiés.
L'ambassadeur et la présidente se sont inscrits pour le tournoi de bridge, le couple-qui-a-déjà-voyagé-sur-la-ligne-et-qui-connaît-le-commissaire a décidé de participer au tournoi de canasta qui leur a déjà rapporté naguère une superbe coupe aux armes de la compagnie. Le couple est un peu déçu, car le commissaire, qui avait inscrit son nom pour le tournoi, l'a effacé pour des motifs inconnus.
Au ping-pong, le fils aîné de l'ambassadeur distance déjà tout le monde, sauf le lieutenant du bord. **Ils sont très applaudis par la fille qui voyage avec sa mère ; celle qui, la première, a arboré un ensemble de plage, quand le navire était encore en vue des plages, justement.**
Le gros monsieur silencieux qui écrit tout le temps dans le salon et qui ne se déplace jamais sans son porte-documents a étonné tout le monde par son adresse au tir au pigeon. Le bruit des coups de feu a provoqué une remarque d'une bonne sœur, très approuvée dans un des quartiers de transats où les dames aiment à se tenir pour prendre le thé.
La houle ne dérange plus les passagers occupés, sauf en ce qui concerne le fils de l'ambassadeur qui a raté sa balle et qui demande à ce qu'on la remette. Le lieutenant accepte avec un sourire aussi peu magnanime que possible.

Lettre du petit monstre à sa grand-mère

Ma chère mémé,

je mamuse baucou sur le bato je suit tres sage et je me suit fais baucou d'amis pasequetou le monde m'aime bien.

Le commandan il va me laissé conduire le bato comme a l'autre imbécil.

un gro gro bisou

6

GUIRLANDES ET MIRLITONS

Le quotidien du bord annonce que ce soir le commandant aura l'honneur d'offrir un gala de bienvenue.
Cette information, qui s'étale en lettres grasses au-dessus d'un entrefilet relatant en quelques mots l'éclosion d'un nouveau conflit quelque part dans le monde, a suffi pour mettre les passagers en émoi. Depuis le petit monstre, qui, en trépignant, veut s'assurer de ne pas être exclu des festivités, jusqu'au boute-en-train qui fourbit ses armes redoutables, tout le monde se prépare pour l'événement. La boutique du coiffeur ne désemplit pas, smokings et robes sont confiés au fer à repasser des femmes de chambre.
Sorte de fête au village, le gala, à bord des navires, est une activité obligatoire qui obéit à des règles strictes. Tout commence par les invitations distribuées par le maître d'hôtel aux privilégiés qui seront assis à la table du commandant. Ces invitations provoqueront, bien entendu, les habituelles réactions d'amertume cachée et d'ouverte hypocrisie :
« Pierre a dit au maître d'hôtel, dès le premier jour : nous sommes ici pour nous reposer, alors débrouillez-vous pour nous épargner ces formalités qui n'amusent personne… surtout pas le commandant qui doit en avoir par-dessus la tête de manger avec des gens qu'il ne connaît pas ! »

« Ah là là, nous sommes invités à la table du commandant… ce qu'on va s'ennuyer ! Tenez, nous aurions tellement préféré rester tranquillement avec vous ! »
À l'heure où les passagers se sont enfermés dans leur cabine pour se faire jolis, les garçons du bar ont accroché des guirlandes, sous le regard nostalgique de Yann Le Grohidec qui fait briller les cuivres du pont, en pensant au mariage de sa cousine Marie-Jeanne, celle qui est partie vivre à l'étranger – à Rouen – avec son mari.
Les cartes de la salle à manger ont été remplacées par de grands menus-souvenirs qui promettent le consommé aux paillettes d'or, le caviar et la caille sur canapé, et qui font dire à ceux qui vont déguster ces largesses : « Comment voulez-vous qu'ils s'en tirent ? Chaque voyage leur coûte des millions ! S'il n'y avait pas les subventions du gouvernement… » On se fait cependant une raison, car ce n'est pas tous les jours que l'État offre le caviar ; sa spécialité étant plutôt d'assurer les besoins gastronomiques des hôpitaux, prisons, casernes et restaurants universitaires, tous lieux où le crustacé et l'œuf d'esturgeon font, en général, tristement défaut. Le photographe a pris son poste au pied du grand escalier qui mène à la salle à manger et salue de son flash chaque nouvelle arrivée. Les épreuves seront exposées et mises en vente dès demain dans le hall de réception, pont C, près du bureau du commissaire. C'est quand les photos seront affichées que l'on constatera avec stupéfaction que toutes les coiffures des dames affichent un petit air de famille, et que la plupart des messieurs ont un sourire blasé, la main droite dans la poche du pantalon, et qu'ils tiennent une cigarette de la main gauche.
Les derniers à faire leur entrée dans la salle à manger sont les martyrs roses et souriants invités à la table du commandant. Ce dernier, revêtu de son uniforme de gala et de ses décorations, donne le bras à la présidente.

Il y a là aussi l'ambassadeur avec sa femme et son fils, le gros monsieur silencieux, qui a abandonné son porte-documents pour la circonstance, la jolie fille avec sa mère et quelques autres personnalités qui n'ont pas encore été identifiées.

Le couple-qui-a-déjà-voyagé-sur-la-ligne-et-qui-connaît-le-commissaire n'est pas parmi les privilégiés, mais il fait assez bonne figure ; le voyage ne fait que commencer et il y aura d'autres galas.

Il y aura, en effet, d'autres galas, semblables en tout point à celui-ci. Après avoir applaudi l'apparition d'une admirable pièce montée représentant le navire en rade de Rio de Janeiro, et contenant une banale glace à la vanille, les passagers iront au bar transformé par les guirlandes et les petites tables numérotées qui entourent la piste de danse.

Les musiciens, plus pâles et hagards que jamais, ont mis des smokings rouges. C'est le commandant qui ouvrira le bal avec la femme de l'ambassadeur. Le commissaire, chargé de la démagogie à bord, a invité Mme Varsow Yendo, petite bonne

femme timide et effacée, très inquiète au sujet du briquet de son mari, qui reste introuvable. Le fils de l'ambassadeur a invité la jolie fille au décolleté vertigineux. Le jeune lieutenant s'est installé au bar avec ses confrères.
C'est un peu plus tard que l'animateur, en smoking bleu ciel, prendra l'affaire en main. Après avoir salué le commandant (applaudissements) et tout l'état-major (applaudissements), il fera allusion à la tempête des premiers jours (rires), et il annoncera le premier jeu de la soirée.
Et dans tous les navires, de toutes les compagnies, battant les pavillons les plus incroyables, ce premier jeu sera celui du balai, et puis celui de la pomme, et puis celui du tapis, et puis celui des ballons, et puis les dames invitent les messieurs,

et puis tout le monde danse. Enfin, presque tout le monde, car le fils de l'ambassadeur est assis, boudeur, surveillant d'un œil haineux le jeune lieutenant qui évolue sur la piste avec la jolie fille.

L'animateur a fait distribuer le cotillon ; chapeaux de papier, bonnets de matelot, fez, tricornes iront couvrir des têtes aussitôt capturées par le photographe du bord, qui les exposera au pilori du pont C, près du bureau du commissaire. Serpentins, petites boules de papier, confettis, mirlitons et sifflets, dont le petit monstre fait un usage abusif, feront monter la saine gaieté jusqu'au moment où l'animateur prendra la tête de la farandole qui va parcourir les coursives du navire au son de : « C'est nous les gars de la marine. » Et la farandole croisera infailliblement le veilleur de nuit, silencieux et maussade, qui semble toujours choisir ce moment pour faire son apparition, comme pour montrer qu'il y en a qui travaillent pendant que les autres s'amusent.

Cet homme qui veille à la sécurité du navire pendant la fête fait songer à ce qui se passerait si, à cet instant même, se produisait une catastrophe. **Ce serait vraiment un étrange spectacle que de voir tous ces gens coiffés de fez et de tricornes embarquer dans les canots de sauvetage, et ayant même des gestes héroïques, le visage affublé de faux nez et de moustaches.**

Mais le moment n'est pas à ces tristes pensées (on finirait par croire qu'elles nous obsèdent), car l'animateur a annoncé que, parmi les passagers, certains ont accepté de mettre leur talent au service de la fête.

Cela commence par le boute-en-train qui fait au micro des imitations de Pierre Larquey, de Sacha Guitry, de Louis Jouvet, de Raimu, de Charpin et de Carette. C'est bien triste pour tous les imitateurs amateurs, mais il se trouve que la plupart des grandes vedettes

à forte personnalité, faciles à imiter, sont malheureusement défuntes. Des applaudissements extrêmement mous ont salué cette performance morbide. Le jeune chanteur à voix, qui voyage en classe touriste, ne soulève pas plus l'enthousiasme des foules, malgré sa tonitruante exécution de *Granada*. Et c'est après la consternation polie qui a suivi le morceau joué au piano par une petite jeune fille aux joues rouge vif que l'animateur propose qu'on laisse la place à la danse. Quelques couples se retirent, le commandant s'est excusé auprès de ses invités : les besoins du service l'appellent d'urgence sur la pas-

serelle. Le commissaire reste là ; il danse avec la grosse dame renfrognée qui a la joie d'être la progénitrice du petit monstre, qui aide en ce moment le batteur de l'orchestre à faire son travail. Le fils de l'ambassadeur est hagard : la jolie fille et le jeune lieutenant ont disparu.
La fête continuera très tard ; la soupe à l'oignon et les petits sandwichs seront la récompense des assidus.
Et puis, l'on décide d'aller voir ce qui se passe en classe touriste.
La plupart des paquebots disposent de deux classes : première et touriste. Tous les passagers de la classe touriste éprouvent le besoin de se justifier : en première on s'ennuie et on passe son temps à changer de toilette ; il n'y a que les vieux qui voyagent en première, et ils n'ont pas l'air de rigoler. L'ambiance est sinistre.
Les passagers de première classe, par contre, n'éprouvent pas du tout le besoin de s'expliquer ; mais ils aiment bien prendre l'infâme plaisir d'aller voir ce qui se passe dans les classes inférieures. C'est une des rares occasions qui restent, de nos jours, d'aller s'encanailler sans danger.
Les portes qui séparent les deux classes franchies, les passagers de première classe condescendants, amusés, font irruption dans le bar des touristes. On se débraille un peu, on commande une bière ; ce sont les habitués de chez Maxim's qui font une descente rue de Lappe voir vivre les Apaches. Dire que tout cela fait un grand plaisir aux Apaches, c'est peut-être exagéré, les classes se côtoient mais ne se mélangent pas, et, bientôt, les passagers de première se font déverrouiller la porte pour retourner dans leur abri doré, là où les tapis sont plus épais, les coursives plus larges, les fauteuils plus confortables, les veilleurs de nuit plus tristes.
Certains bateaux de ligne ont une troisième classe réservée aux émigrants. Il est alors de bon ton d'admirer la beauté des petits enfants portugais, et de s'extasier devant le talent du jeune chanteur à la guitare et des chœurs qui l'accompagnent. Car ils chantent, ces pauvres et braves gens. Ils chantent, dans l'entrepont, leur nostalgie et leur espoir d'une vie nouvelle ; ils chantent surtout en pensant au jour, pas trop lointain, espérons-le, où ils reprendront le bateau, en première classe cette fois-ci, pour aller épater le cousin Gonçalvez qui est resté au pays.

Mais là-haut la fête se termine. Les musiciens sont allés finir la longue nuit en classe touriste, les lumières s'éteignent, le boute-en-train, malgré la température frisquette, a proposé un bain de minuit dans la piscine ; quand il est revenu en slip, il s'est trouvé tout seul, et il est allé se coucher.
Le lendemain on a su que le jeune lieutenant a été convoqué par le commandant. Un nouveau quart lui a été attribué : celui de minuit à quatre heures du matin.
On s'est aperçu aussi que le vieux gâteux n'a pas assisté au gala de bienvenue. Il paraît qu'il est resté dans sa cabine, où, tard dans la nuit, il s'est fait servir des nouilles et une pomme.

C'est toujours Fête...
R. Bouvard
...à bord des paquebots de la
Cie Gle TRANSATLANTIQUE
COURBET

Lettre de Mme Varsow Yendo à sa concierge

Chère Madame Poulet,

Voulez vous avoir l'obligeance de monter à l'appartement et de voir si vous ne trouvez pas le briquet de mon mari?

Avec notre meilleur souvenir, soyez gentille de nous répondre à l'adresse suivante :

Madame Sarsow Yendo
En croisière
Compagnie des Paquebots
du Pacifique et de l'Atlantique

7

UN PEU DE TECHNIQUE

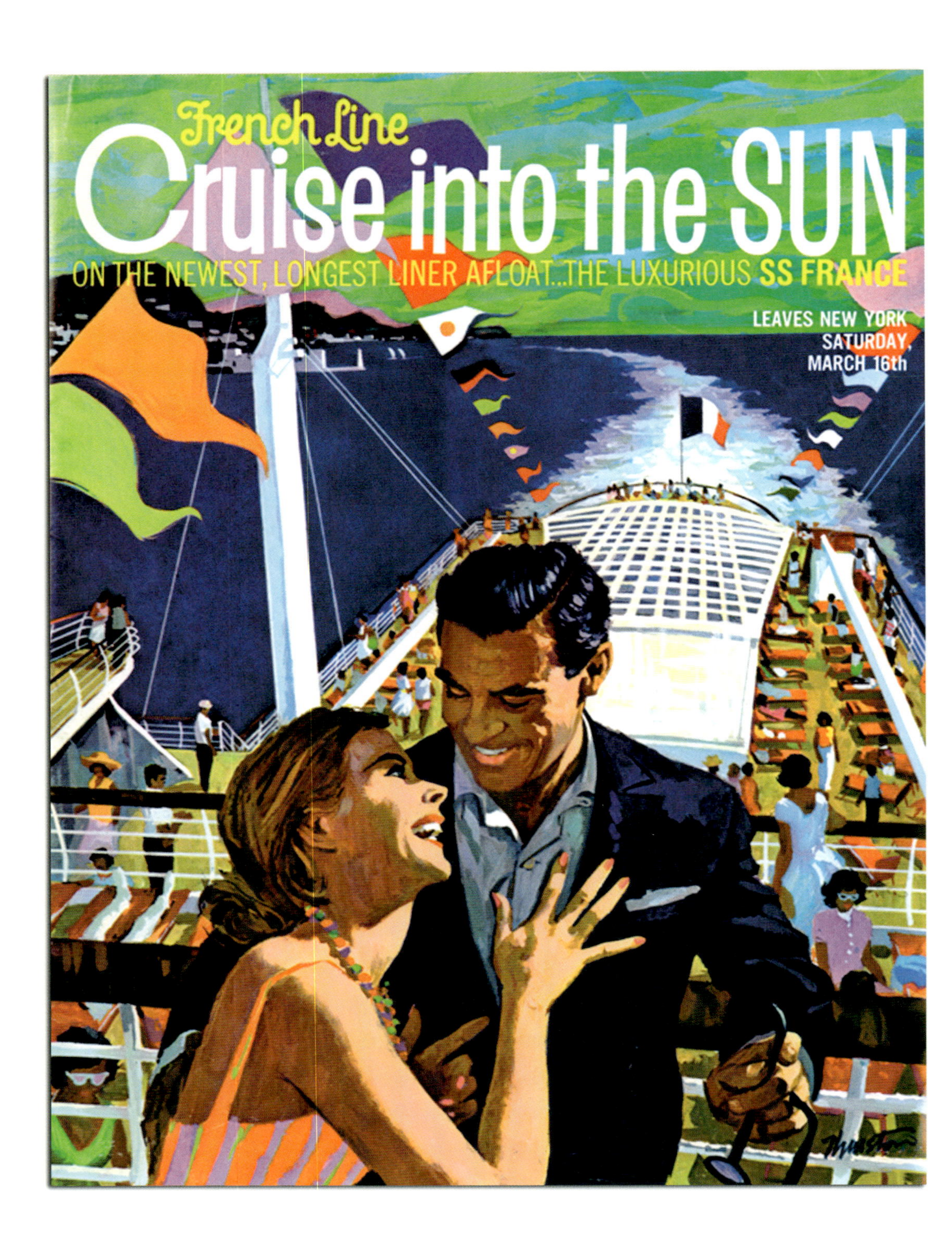
French Line
Cruise into the SUN
ON THE NEWEST, LONGEST LINER AFLOAT...THE LUXURIOUS SS FRANCE
LEAVES NEW YORK
SATURDAY,
MARCH 16th

près le premier gala, l'ambiance a changé à bord, les passagers se connaissent mieux ; d'avoir fait partie d'une même farandole, cela crée des liens. On n'en est plus aux petits saluts discrets de la tête, et, comme prévu, on commence déjà à se taper sur le ventre. Des clans vont se former, des coteries s'établir, des conflits vont éclater. Il y aura, dans cette agglomération flottante de quelques centaines de mètres carrés, des quartiers snobs, des zones vulgaires, aux limites matériellement indécises, mais moralement infranchissables. Et pendant que le commissaire ouvre l'œil pour surveiller son petit monde, le moment est venu de parler un peu technique.

Il existe quatre grandes catégories de paquebots : les guincheurs, les joueurs, les buveurs et les coucheurs.

Dans la catégorie des **guincheurs,** le navire n'a pas encore largué ses amarres que des couples s'élancent déjà sur la piste de danse pour danser au son de : « Ce n'est qu'un au revoir mes frères. » Tous les apéritifs, les thés, les galas, les petits déjeuners seront dansants. On dansera autour de la piscine, sur le pont des embarcations, dans le bar, dans le salon, sur la passerelle. On ne débarquera aux escales que pour aller danser dans les boîtes de nuit locales. Le commandant sera un valseur émérite, le commissaire dansera un méchant tango, le docteur donnera sa préférence à la java, le chef des machines sera un adepte du charleston. Malheur à celui qui n'a pas le sens du rythme, malheur à celui qui ne sait pas danser ! Il aura essayé de faire gentiment tapisserie en regardant s'agiter les autres, mais, devant le mépris général des passagers et de l'équipage, il n'aura d'autre ressource que d'aller se réfugier dans sa cabine, prétextant des indispositions chroniques.

C'est sur un bateau guincheur que j'ai appris à danser, un seul morceau, il est vrai, mais que l'orchestre exécutait plusieurs fois par jour et par nuit. Ce qui explique que je ne sache danser que *La Vie en rose*, et ce, à condition de disposer d'une piste de vingt-cinq mètres carrés, bercée par le roulis, et d'un hublot sur la droite qui me serve de point de repère pour savoir où il faut tourner à gauche (bâbord).

Le nombre de passagers qui embarquent à bord d'un **navire joueur** doit être divisible par quatre, pour permettre à tout le monde de prendre place autour des tables de bridge. La première révolution de l'hélice donne le signal du départ du tournoi ; tout le monde joue : bridge, canasta, belote, gin-rummy ont pris possession du tripot flottant jusqu'à la fin du voyage. Comme dans tous ces navires spécialisés, ce sont les uns qui entraînent les autres dans une sorte de folie collective. Il y eut une époque où des tricheurs professionnels embarquaient à bord des paquebots pour plumer les pigeons ; ils appelaient cela : chevaucher les baignoires (*riding the tubs*). Cette période est révolue ; on ne joue plus par appât du gain, la récompense au vainqueur n'étant en général qu'une modeste coupe aux armes de la compagnie. On joue, souvent, parce qu'on ne peut pas supporter le regard du commandant quand il vous demande : « Ah ? vous ne jouez pas au bridge ? » Il est à noter qu'à bord de ces navires le commandant perd un peu de son prestige, et qu'il lui arrive de se faire injurier par un partenaire irascible, utilisant des termes qui lui auraient valu normalement d'être pendu à la plus haute vergue, après avoir été traité au chat à neuf queues. Mais à bord des navires joueurs, rien n'est normal et on n'y bat que les cartes.

Le volume des **bateaux buveurs** pourrait se calculer indifféremment en tonneaux ou en barriques. Le bar ne désemplit pas, on s'offre des verres à longueur de journée, on boit partout et tout le temps. Les passagers organisent des cocktails dans leurs cabines et font des provisions de bouteilles quand ils savent que le navire va entrer dans un port où la douane va mettre les scellés au bar. Les passagers ont le regard vague, le sourire béat et la démarche titubante par le temps le plus calme. Le veilleur de nuit doit souvent remorquer des passagers restés en rade dans les coursives, incapables de retrouver le chemin de leur cabine à cause du brouillard qui est tombé sur leur cerveau. On se passe des adresses de bars aux escales : on sait qu'ici on trouve un punch virulent, là, un alcool de fruit qui vaut le déplacement, même si pour le déguster il faut commencer par franchir la passerelle de débarquement aux contours flous. L'animateur ne peut pas faire son travail, car depuis trois jours il ne parvient pas à remonter de l'entrepont où se trouve sa cabine ; le pianiste de l'orchestre rit tout le temps ; le deck steward est tombé dans la piscine. Que l'on ne me dise pas que j'exagère ; j'ai connu un tel navire, et je dois avouer que **j'ai été soulagé quand j'ai aperçu les deux statues de la Liberté, qui annonçaient noblement le terme d'un voyage insensé.**

Il y a enfin, il y a surtout, les **bateaux coucheurs,** qui semblent dès le départ être pris d'assaut par une horde d'obsédés sexuels. Tout le monde couche avec tout le monde, et, il faut bien le dire, l'état-major n'est pas le dernier à se mettre au goût du jour, avec une assiduité qui fait honneur à ses galons.

Bien sûr, l'ambiance de cette vie inhabituelle, l'atmosphère romantique, la lune sur la mer, tout cela explique un certain enthousiasme en la matière. Mais dans les bateaux coucheurs, cela tourne vite à l'abus.

Un bateau recèle de nombreuses cachettes propices à la bagatelle et aux entretiens intimes en tout genre. Mais dans un bateau coucheur,

même les bouches d'aération et les canots de sauvetage sont pris d'assaut. Les dames voyageant seules parlent volontiers de leurs maris restés à terre ; c'est même, assez curieusement, le signal pour les messieurs qu'ils peuvent y aller. Tout cela ne semble d'ailleurs pas tirer à conséquence, et ces cornes que l'on plante ne sont que de fugitives cornes de brume.
Il n'empêche que quand le mari, à quai, attend son épouse, et qu'il voit au-dessus du bastingage une bonne douzaine de paires d'yeux masculins et ironiques qui l'observent, il est en droit de se poser des questions.

Là encore, j'ai connu un bateau où la jeune mariée en voyage de noces a été découverte la nuit dans la cabine du second commissaire, ce qui a failli provoquer un drame quand le mari, prévenu, a jailli, furieux, hors du canot de sauvetage dans lequel il se trouvait avec la femme du consul général de notre pays.
(Lequel consul attendait à quelques mètres de là, car nous étions à quai, mais nous ne débarquions que le lendemain matin.)

Bien sûr, ces quatre catégories principales de paquebots peuvent se mélanger entre elles, et il existe des navires moins spécialisés. Citons, pour mémoire, les bateaux radins, dont les bars sont vides, car personne ne veut consommer ce qui n'est pas compris dans le prix de la traversée.
Mais, voyez ce que sont les choses : une traversée radin peut pousser le barman, les garçons et tout le personnel hôtelier à la boisson. Et cela sera suffisant pour que le navire soit devenu, au voyage suivant, un bateau buveur. Mais assez de technique ; reprenons notre croisière. Nous allons arriver à notre première escale, des excursions sont organisées, et il est possible de s'y inscrire au bureau des renseignements. Yann Le Grohidec a passé une partie de la soirée à cirer ses chaussures, celles qui font mal.

French Line
FRANCE
COMPAGNIE GÉNÉRALE TRANSATLANTIQUE

Texte intégral de la lettre d'un passager d'un bateau coucheur à un copain

cher vieux,

TERRIBLE !

CREW
ONLY

8
ESCALES

Il existe deux grands circuits de croisières. Le premier est celui des tropiques. Et dans ce circuit, tous les fronts de mer, de Miami à Cannes, de Port of Spain à Montevideo, se ressemblent : de grands immeubles modernes s'élèvent face à la mer, elle-même bordée par une promenade où voisinent les palmiers et les trottoirs décorés de mosaïques.
Au cours de ces escales, l'excursion comporte obligatoirement la visite de l'ancien palais du gouverneur (actuellement résidence du président de la République légalement élu à vie) ; la nouvelle Chambre des représentants du peuple, provisoirement fermée depuis le dernier coup d'État et gardée par les éléments fidèles de l'armée ; l'ancienne léproserie et le nouvel hôpital ; l'institut d'agriculture tropicale ; l'usine de montage Volkswagen, et, bien entendu, l'hôtel Hilton.
Il y a aussi les merveilleuses plages de sable blanc, mais dont il faut se méfier, car, paraît-il, on y trouve des requins.
Le deuxième circuit de croisières, méditerranéennes, est celui des ruines. Colonnes, statues dépourvues de nez, vasques, urnes et pièces de monnaie en sont les éléments essentiels. Le stade, le temple d'Apollon, le théâtre remarquable par son acoustique et par les caméras de télévision installées pour la

saison, voisinent avec le lupanar qui est toujours dans un état surprenant de conservation, et dont les fresques ont étonnamment franchi le cours des siècles agités, copieusement fournis en tremblements de terre, éruptions volcaniques et invasions de toute sorte. La bibliothèque, par contre, a complètement disparu et seul un fût tronqué de colonne donne une faible idée des proportions colossales de l'extraordinaire bâtiment dont le péristyle était célèbre dans l'Antiquité. (Une maquette du monument, reconstitué par un savant anglais, se trouve dans le musée, face à la fresque de « Vénus trouvant l'eau trop froide ».) Les bains mettent l'accent sur le sens du confort de « ces gens-là » ; on peut encore voir les canalisations d'eau chaude et les réservoirs d'eau froide (que le savant anglais cité plus haut prenait à tort, le pauvre type, pour des temples souterrains). On peut aussi remarquer que « ces gens-là » faisaient déjà les mêmes erreurs que nos architectes contemporains, puisqu'ils avaient le chauffage par le sol.

La mythologie, les dieux et les demi-dieux sont présents partout, et, à chaque détour de colonne, Diane, Vénus, Jupiter, Apollon et Mercure continuent à prendre le monde à témoin de leurs petites histoires compliquées. Leur présence se fait même sentir dans le hall de l'hôtel Hilton, à côté du bureau de change, face à l'Oklahoma Dining Room.

Mais il n'y a pas que les musées avec leurs alignements de vases et autres récipients qui résistent si bien aux assauts du temps et qui font penser que notre civilisation ne laissera comme vestiges que des bouteilles consignées et des boîtes de conserve ; il y a aussi les merveilleuses plages de sable fin, mais dont il faut se méfier, car, paraît-il, on y trouve des méduses.

C'est tard dans la nuit que les passagers ont aperçu la lueur lointaine des phares, de plus en plus nombreux. Une petite brise de terre et le quotidien du bord ont annoncé que l'on serait à l'escale demain matin de bonne heure.
L'arrêt des machines a réveillé les voyageurs, habitués depuis plusieurs jours à leur ronronnement régulier, et pourtant inaudible d'après le prospectus de la compagnie. Les passagers ont eu la surprise, en jetant leur premier regard de la journée à travers les hublots, de voir que la terre est toute proche, bien visible à travers le brouillard bleuté de l'aube ; on distingue même des Volkswagen qui roulent le long de la côte. Vêtus à la hâte, les passagers sont allés s'accouder au bastingage pour voir vivre ce monde étrange et amphibie que les terriens n'ont pas l'habitude de fréquenter. Cela a commencé par le pilote venu à bord de sa vedette et qui embarque acrobatiquement par une échelle de corde.

Toute une flottille de petits bateaux battant pavillon exotique entoure le navire. Il reste encore à embarquer les services de santé, car « nous » sommes en quarantaine, comme l'indique le pavillon jaune. Au fur et à mesure que le paquebot approche du quai, il s'emplit comme par osmose de toutes sortes de gens, dont certains sont vêtus d'uniformes farfelus et inquiétants. Tout ce joli monde s'engouffre dans le bureau du commissaire où les bouteilles et les verres sont déjà prêts.

C'est alors la distribution du courrier aux passagers. Cela vous a un petit air de pensionnat ; certains élèves (dont le gros monsieur silencieux qui ne se sépare pas de son porte-documents) reçoivent beaucoup de lettres et sont très fiers de les exhiber devant leurs petits camarades. D'autres, qui n'ont rien eu, vont tristement reprendre leur place au bastingage. Mme Varsow Yendo court triomphalement vers son mari en agitant une enveloppe qu'elle n'a pas encore eu le temps de décacheter.

Les passagers, bizarrement harnachés de chapeaux de paille, de caméras et d'appareils de photo, errent dans tous les sens en se transmettant des renseignements contradictoires et inquiétants. (Paraît qu'il y a une épidémie et qu'on va tous être vaccinés, seuls l'ambassadeur et sa smala vont y échapper.)

À dire vrai, pour les touristes, les formalités sont en général réduites au strict minimum, et les passeports, consultés d'un œil indulgent, déposés dans une boîte près de la passerelle de débarquement, sont confiés à la garde d'un steward et d'un policier local, qui s'est tout de suite emparé d'un transat pour poursuivre une sieste interrompue par l'arrivée du paquebot et de sa cargaison excitée.

Les passagers ont mis pied à terre avec une certaine émotion. Et sur les solides et stables pavés, leur premier geste instinctif est de se retourner pour voir quel aspect a leur bateau vu de l'extérieur. C'est toujours surprenant ; il paraît bien plus gros que l'on ne pensait, bien plus haut surtout. Et le visage du barman semble se pencher par le hublot d'un gratte-ciel. Une porte

s'est ouverte sur le flanc du navire ; des mitrons s'y sont installés pour prendre l'air, puisque celui du large leur est pratiquement refusé. Une planche jetée à la hâte servira de passerelle de débarquement à l'équipage blasé. L'excursion est organisée soit avec le concours de cars, soit à l'aide de taxis. Dans ce dernier cas des problèmes se posent car personne, par exemple, ne veut partager le taxi du boute-en-train, qui a déjà acheté un couvre-chef grotesque aux premiers chasseurs de pigeons, qui se sont installés sur le quai avec leur éventaire portatif de petites cochonneries dues à l'artisanat indigène.

Certains individualistes sont partis à pied. Ce sont ceux qui refusent absolument de s'intégrer à la masse, et qui se vantent, quand le troupeau est parti visiter l'Acropole, d'avoir découvert une petite auberge marrante comme tout, où ils ont ingurgité un lait caillé tiède, ou une quelconque orangeade synthétique, aromatisée par le pittoresque et assaisonnée par le sentiment que l'on n'est pas un mouton comme les autres. Ces courageux ovins libres s'apercevront vite que le port est loin de la ville, et que, près des docks malodorants, le soleil tape aussi dur que les mendiants. Ils essaieront alors d'emprunter un transport en commun, à bord duquel ils tâcheront de comprendre les

explications excédées d'un receveur à l'uniforme rapiécé, qui offre des billets multicolores à un prix mystérieux, non payable en traveller's chèques.

Suivant les escales, d'ailleurs, les touristes auront un choix de moyens de locomotion étranges, allant du fiacre au chameau, en passant par l'âne. Il est assez curieux de penser que l'on peut faire chevaucher n'importe quoi à un touriste, à condition de lui promettre une photo-souvenir.

Les cars ont l'avantage d'avoir un guide, et aussi d'offrir un spectacle amusant aux indigènes, qui, n'ayant pas les moyens de se payer des croisières, profitent comme ils le peuvent de celles des nantis. Le guide, volubile, présentera en plusieurs langues les curiosités citées plus haut, et ne se vexera nullement quand, aux monuments immortels, aux magnifiques léproseries, aux plus beaux lupanars, son public préférera le spectacle d'un petit enfant juché sur un mulet; lequel enfant avec un large sourire angélique proférera des obscénités, heureusement incompréhensibles pour tous ces gens qui le photographient sans faire le geste de rémunérer sa prestation.

Les chauffeurs de taxi jouent également un rôle de cicérones fantaisistes, et leurs explications en petit nègre visent surtout à convaincre leurs clients que, pour un léger supplément de prix, ils peuvent montrer des merveilles cachées et non prévues par l'itinéraire officiel de l'excursion. Les merveilles en question, pour ceux qui se laissent tenter, se révèlent être, en général, un petit café très fréquenté par les mouches, tenu par le cousin du chauffeur, et dont la spécialité semble être le lait caillé tiède, l'orangeade synthétique, ou l'alcool infâme. Alcool que l'on boit en trinquant avec le chauffeur qui cligne de l'œil d'un air complice, en vous souhaitant une bonne santé et bienvenue dans le pays de ses ancêtres, où, si ce n'était pas pour les pourboires généreux, il ne réussirait pas à faire vivre sa famille nombreuse. (Quatorsse mossié nous sommes, ma lé fils lé plouss grande pas chauffeur coumme lé papa. Chauffeur pas bon. Loui apprendre pour dévénir lé doctor. Ça coûte beaucoup cher pour qué lé plouss grande fils apprenne à dévénir lé doctor. Et les pourboires pas touzours bons. Salud !)

Que ce soit en car, en taxi, ou à dos d'âne, le programme de l'excursion prévoit une ou deux heures de liberté pour les passagers, afin de leur permettre de faire leurs petits achats. Les touristes se disséminent dans les rues étroites, aboutissant toutes à la majestueuse avenue de l'Indépendance (anciennement de la Reine, ou de la République). Nous retrouvons alors le sentiment de solidarité des passagers, qui se croisent dans les rues et qui se reconnaissent avec le plus vif plaisir, échangeant les salutations, comparant leurs achats, fous de joie de se revoir, alors qu'ils viennent seulement de se quitter. Les passagers aperçoivent parfois des cars transportant des touristes d'un autre navire, et ils s'étonnent devant ce ramassis de laideurs antipathiques, à la joie bête et forcée. Ils sont heureux, nos passagers, de ne pas s'être embarqués sur un tel bateau, et ils trouvent un air rassurant même au vieux gâteux aperçu, sérieux comme tout, sur la plate-forme d'un tramway cahotant.

Paniers, bijoux de pacotille, bibelots hideux sont achetés après d'âpres discussions (avec ces gens-là il faut toujours marchander), pour garnir des caves et des greniers qui attendent sous d'autres latitudes.

Le petit monstre a cassé un vase typique que sa maman venait d'obtenir à un prix prohibitif, révélant ainsi, sous un rude extérieur, l'existence d'une petite âme d'artiste.

Profitant du choix qui leur était donné, certains passagers ont abandonné les excursions culturelles au profit de la plage. Ils sont partis munis du panier-repas préparé par les soins du personnel du navire ; ils reviendront avec des coups de soleil, des souvenirs achetés dans les succursales balnéaires des filous de la ville, et de passionnantes histoires de requins que l'on a cru apercevoir.

Les autres feront un repas compris dans le prix de l'excursion, et constateront avec surprise que la cuisine locale est à base de salade de tomates et de côtes de porc avec de la purée. Seule la propreté douteuse de la veste du garçon apporte une note de pittoresque au déjeuner.

La visite de l'hôtel Hilton, sous l'œil méprisant des clients réguliers de l'établissement, achève le séjour dans l'air conditionné. Le commandant et le commissaire, très applaudis et déguisés en civil, assistent à la petite fête. Juste avant la prestation du groupe folklorique prévu pour cette manifestation, le commandant doit se retirer, appelé à bord par les nécessités du service. Pendant toute la journée les passagers auront admiré avec nostalgie leur paquebot amarré au quai et visible des hauteurs. Il a l'air tellement plus beau, tellement plus sympathique que les autres navires qui l'entourent et qui ont tous l'air, en comparaison, de maries-salopes.

C'est enfin l'heure de retourner dans ce paradis familier ; tous les passagers ont réintégré les véhicules qui les conduiront sur le quai, au pied de la passerelle d'embarquement. Ils retrouveront avec plaisir l'odeur familière de peinture et de goudron, ils fouleront avec soulagement les planches des ponts et les moquettes des coursives, moralement plus stables que les pavés étrangers. Le personnel est là, à son poste, amical et rassurant. On pourra retrouver sa place habituelle au bar, et se dire que les voyages c'est bien beau, mais que rien ne vaut son chez-soi, allez.

Bientôt les derniers retardataires attendus avec inquiétude auront franchi la passerelle, l'air faussement dégagé, après une course effrénée sur les pavés du port. Les haut-parleurs convoqueront l'équipage sur le pont et les électriciens aux postes de manœuvre. Une grue soulèvera la passerelle dans les airs, on larguera les amarres, et, après quelques coups de sirène, lentement, le paquebot s'éloignera du quai. On agitera quelques mouchoirs pour saluer guides et chauffeurs indifférents, restés là pour faire les comptes, et la côte ne sera plus qu'une dernière Volkswagen, quelques lumières brillantes, quelques lueurs de phares à l'horizon.

Les passagers n'y pensent plus ; il faut se changer : ce soir il y a bingo.

On a appris que Yann Le Grohidec a failli rater le bateau. Il est arrivé sur le quai, dans une Jeep de la police locale, braillant qu'il ne quitterait pas ce pays de moricauds si on ne lui rendait pas ses chaussures. Il est en effet pieds nus, le mousse, ce qui n'est pas le cas, malheureusement pour lui, du bosco qui lui a longuement botté les fesses pour lui faire entrer un peu de plomb dans la cervelle.

Lettre de Mme Poulet, gardienne d'immeuble, à Mme Varsow Yendo

Madame Poulet
82 rue de Boulainvilliers
75016 Paris

le 19 mai,

Madame,

je suis aller voir pour le briquet comme vous me l'avez demander et je n'ai rien trouver mais c'est une chance que vous m'avez demander d'aller voir parce que vous avez oublier de fermer le robinet du cabinet de toilette je te suis aller chez M. Pelgrain votre voisin du dessous qui est aussi en vacances et il y a du dégât.

Vous avez un peu de courrier, une lettre des impôts et d'autres lettres et puis une carte postale de votre neveu de Saint-Tropez où il dit que ça s'arrange pour ce que vous savez. Je n'ai pas penser que ça valait la peine de vous faire suivre ce courrier.

J'espère que tout va bien et que cette lettre vous trouvera de même.

B	I	N	G	O
(1 TO 15)	(16 TO 30)	(31 TO 45)	(46 TO 60)	(61 TO 75)
11	22	45	54	61
1	26	44	46	67
3	18	FREE SPACE	51	62
14	20	37	50	71
7	23	41	53	72

9

BINGO !

On joue au bingo, à bord des bateaux. On n'y joue d'ailleurs plus que là et au cours de quelques fêtes paroissiales organisées par des églises américaines. Le bingo, pour ceux qui n'ont jamais navigué, ni assisté à des fêtes paroissiales de l'Église réformée, n'est autre que ce bon vieux loto qui réunissait les familles avant que l'invention de M. Marconi ne déplace le cercle vers le poste à galène.
Dans le salon l'animateur annonce les numéros que tire pour lui une main innocente. Il agrémente cela de diverses plaisanteries qui achèvent de donner un air désuet à ce genre d'exercice. Les numéros sont annoncés en plusieurs langues, en anglais notamment, sans doute à l'intention des veuves américaines, piliers des fêtes des églises de leur pays, qui voyagent pour vérifier la bonne marche du jeu.
On joue aussi à d'autres choses qui ne se pratiquent que sur les navires : les petites courses de chevaux, par exemple. Un grand tapis vert est déroulé sur la moquette du salon. Sur le tapis vert, des lignes blanches figurent la piste, et des cases indiquent l'emplacement des chevaux, dont l'avance est réglée par les dés que lance une main innocente. (J'ai connu un bateau coucheur où l'on n'a pas pu jouer à ces jeux, faute d'une main.) L'animateur, toujours lui, commente la course en parlant de « toquards », de « doping », de « favoris », et, quand il se

4
10

laisse vraiment aller, il fait mine de balayer le crottin sur le tapis et sous l'œil écœuré des garçons chargés de faire avancer les petits chevaux de bois. On parie, on fait des plaisanteries sur le tiercé, on s'enthousiasme, et la main innocente, toute fière d'être le point de mire, prend pour son compte les applaudissements quand elle sort un double six.
Tout cela est bien charmant, bien démodé, et c'est merveilleux de voir des gens accepter de bonne grâce de participer à des amusements qui, à terre, les feraient fuir. Il n'est, pour s'en assurer, que d'essayer d'inviter des amis chez soi, en leur disant que l'on jouera au loto, et puis aux petits chevaux.
Ce qui est étonnant c'est que ces jeux se jouent sur tous les bateaux, quelle que soit leur nationalité. Quel est le navigateur qui, le premier, a eu l'idée d'instituer ces coutumes puériles sur son vaisseau ? Les livres de bord sont muets à ce sujet. À aucun moment la plume de Christophe Colomb n'a tracé sur celui de la *Santa Maria* : « Don Lopez y Fernando de la Sierra Nevada, animador de l'escadre, venait de nous annoncer le 24, quand nous avons été interrompus par le cri de la vigie, nous signalant que les Indes étaient en vue. » Pas plus que saint Vincent de Paul ne nous rapporte que : « Trébuche, le galérien, obtint par la grâce de la victoire du cheval numéro 6 une remise de peine. »
Et pourtant, il a bien fallu qu'un jour un capitaine déclare : « Et si on organisait un bingo pour les amuser ? » Il a fallu, aussi, ce qui est encore plus étrange, que les capitaines de tous les vaisseaux du monde reprennent cette idée géniale. Ce sont les mystères insondables de la mer, à mettre dans le même sac marin que le *Hollandais volant*, à bord duquel il est certain qu'un équipage de spectres se livre aux joies d'un bingo fantomatique.
Les jeux de pont sont aussi spécifiquement maritimes. Car, où ailleurs qu'à bord d'un navire joue-t-on aux palets ? Ce jeu est si peu spectaculaire, à tel point dénué d'intérêt, qu'il ne viendrait à personne l'idée de s'y adonner sur la terre ferme. Et pourtant, aucun bateau ne sort du chantier naval sans que, sur le pont, ne soit peinte soigneusement la grille numérotée nécessaire à l'exercice du palet.
Il n'y a pas que sur les bateaux que l'on joue au deck tennis, au ping-pong et au tir au pigeon ; mais, là encore, ce qui est stupéfiant, c'est qu'on y joue sur tous les bateaux. Cela dénote, en tout cas, un assez remarquable manque d'imagination de la part des marins. En effet, on pourrait jouer à colin-maillard, à

cache-cache, au bilboquet, au basket-ball, aux charades, à mille jeux de société, exercer mille sports, mais non : bingo, petits chevaux, deck tennis, ping-pong et tir au pigeon sont une fois pour toutes chargés d'amuser l'assistance embarquée. Et, pour en revenir au *Hollandais volant*, nous avons une révélation à faire : le malheur de ce navire est dû à un passager maladroit, qui, ayant raté un pigeon d'argile, a mortellement blessé un albatros, ce qui, tous ceux qui ont lu Coleridge le savent, est l'assurance de très gros ennuis en mer.
Après le départ de la première escale, le voyage a pris sa vitesse de croisière. Une routine s'est établie à bord, et les passagers, à l'affût du moindre incident, sont prêts à se précipiter à l'annonce du passage d'un pétrolier au loin, de la ligne sombre d'une côte aperçue à l'horizon, de la gifle que le vieux gâteux a envoyée au petit monstre, rendu fou par l'ennui.
Un admirable ennui qui laissera, plus tard, un souvenir nostalgique.
Pour l'instant on se passionne, car, paraît-il, on a découvert un passager clandestin caché dans une des cales ; il paraît qu'on l'a enfermé dans la prison du bord. « Il y a une prison à bord ? » « Mais oui, chère amie, avec des fers ! »
On est tout prêt à faire des collectes pour aider le malheureux, mais on apprend que la nouvelle était fausse. Tout aussi fausse, d'ailleurs, que la crise de péritonite d'un membre de l'équipage, même qu'on a donné rendez-vous à un navire-hôpital qui viendrait cueillir le malade en pleine mer.
Les rumeurs sillonnent le navire dans tous les sens et de haut en bas, Yann Le Grohidec lui-même est inquiet, parce qu'un de ses aînés lui a conseillé de faire ses prières, une voie d'eau ayant été découverte dans la salle des machines, et il n'y a pas de place dans les canots de sauvetage pour l'équipage. Ce qui, à en croire une célèbre chanson, pour un mousse, au bout de cinq à six semaines,

serait plutôt une bonne nouvelle. Pour enrayer toutes ces rumeurs, le commissaire multiplie les distractions. Il y a, par exemple, la visite du navire : les machines, les cuisines, et la passerelle.

Ah, la passerelle ! C'est le but, La Mecque de tous les passagers. Être invité spécialement par le commandant à visiter cet univers propre et silencieux d'où on peut voir tout le navire, et où tout le navire peut vous voir !

Admirer l'officier de quart, qui, dès l'arrivée des passagers, éprouve le besoin d'examiner l'horizon à la jumelle d'un air dubitatif ; prendre la barre des mains du timonier et songer que pendant quelques instants on est maître de la destinée de tous les habitants de l'agglomération flottante ; penser que l'on peut, d'un simple geste, faire aller plus à droite ou plus à gauche l'ambassadeur et toute sa famille, Varsow Yendo et son introuvable briquet ! Parfois, si l'heure s'y prête, le commandant autorisera l'heureux élu à faire sonner la sirène, au formidable mugissement.

Mais il y a des moments privilégiés pour visiter la passerelle. Le faire lors de la visite organisée ne présente pas un grand intérêt. Une invitation personnelle, c'est déjà infiniment mieux, et le couple-qui-a-déjà-voyagé-sur-la-ligne-et-qui-connaît-le-commissaire, bénéficiaire d'une telle mesure exceptionnelle, en a parlé pendant plusieurs jours. Madame s'est fait photographier à la barre, avec le commandant à ses côtés ; le commandant qui a poussé la complaisance jusqu'à se coiffer de sa casquette abondamment galonnée.

Mais, être invité sur la passerelle lors de l'arrivée ou du départ d'un port, assister à la manœuvre, saluer le pilote, voilà un privilège suprême qui n'est pas accordé à tout le monde : seuls l'ambassadeur, sa famille et la présidente y ont eu droit, ce qui n'a pas fait monter la cote de leur popularité auprès des autres passagers.

On se surveille, en effet, de plus en plus haineusement. Les rumeurs ont changé de ton : on ne découvre plus de passagers clandestins, mais on révèle certaines facettes peu connues de la carrière de l'ambassadeur, chassé de son poste précédent à cause de l'inconduite notoire de sa femme. Quant à la présidente, à son âge, elle devrait modérer l'ardeur des regards qu'elle lance au commandant. Cette dernière rumeur n'est pas entièrement fausse, d'ailleurs, et le commandant, comme à chaque voyage, doit commencer à se défendre contre les manœuvres entreprenantes de plusieurs dames mûres. Alors que l'écueil le plus proche se trouve à plusieurs journées de navigation et que le baromètre est au beau fixe, la présence du commandant est de plus en plus nécessaire sur sa passerelle.

Le commissaire a chargé l'animateur d'organiser un bal masqué. Un comité des fêtes a été créé, dont le boute-en-train a pris tout naturellement la présidence (si l'itinéraire avait prévu le franchissement de la ligne de l'équateur, il aurait été Neptune). Il a été décidé qu'un prix – une superbe coupe aux armes de la compagnie – récompensera le meilleur déguisement réalisé, c'est le cas de le dire ou jamais, avec les moyens du bord.
La boutique du coiffeur, où l'on trouve toutes les fournitures de cotillon, est prise d'assaut, et bientôt les imprévoyants n'ont plus le moindre faux nez à se mettre sous la dent. Toute la journée, les passagers, enfin occupés, sont restés dans leur cabine pour coudre et découper. Des dames gloussantes et amusées comme tout sont allées voir le bosco bourru pour lui demander des accessoires. Le commissaire, satisfait, a fait une longue sieste.
La fête est un grand succès et des applaudissements nourris saluent chaque nouvelle apparition dans la salle à manger. La plupart des dames sont déguisées en matelots, avec des maillots rayés et des bonnets de papier. La présidente est déguisée en commandant, avec la casquette crânement plantée de guingois sur sa mise en plis. La jolie fille est déguisée en Tahitienne à l'aide de quelques morceaux de papier, qui lui valent la coupe et quelques commentaires acerbes de la part, notamment, de la présidente qui a surpris le regard admiratif du commandant. Elle a dû réprimer une folle envie de piétiner la casquette. La plupart des hommes sont costumés en pirates, le torse nu et l'œil couvert par un bandeau noir. Le boute-en-train s'est transformé en nourrisson, et a réussi à se procurer un pot de chambre pour compléter son équipement.

Le vieux gâteux est arrivé en costume gris sombre et n'a même pas levé le nez de son potage quand plusieurs passagers, par acclamation, ont voulu lui décerner le premier prix.
On dit que la jolie fille a achevé sa soirée en allant visiter la passerelle pendant le quart de minuit à quatre heures.

Extrait du livre de bord de la frégate *La Fringante*

Avons quitté l'île de Woga-Woga et poursuivons notre route vers le nord. Cette île, qui ne figurait pas sur nos cartes, fut un don de la Providence, car les indigènes, fort doux et aimables, nous ont bien reçus et permis de nous approvisionner en eau douce et fruits frais. L'équipage étant consigné à bord, tout incident malséant a pu être évité. Les fruits devraient nous permettre de lutter efficacement contre les nombreux cas de scorbut qui déciment notre équipage mieux que ne l'a fait jusqu'à présent notre chirurgien, toujours pris de boisson, malgré nos efforts pour mettre les tonneaux de rhum sous bonne garde et à l'abri. Avant de quitter cet abri paradisiaque, avons pu faire débarquer les corps de deux gabiers et d'un canonnier. Wahoga, roi de l'île, nous a assuré qu'il leur donnerait une sépulture très chrétienne. Le vent se levant, sur les conseils du roi, avons quitté Woga-Woga sans attendre la cérémonie, pour laquelle un grand feu rituel avait déjà été allumé sous les vastes chaudrons sacrés emplis d'eau aromatisée d'herbes sacrées.

Pendant les deux derniers jours de navigation, avons encore perdu un gabier, que nous n'avons pas cherché à récupérer, la mer étant infestée de requins et la brise étant bonne. Trois nouveaux cas de décès sont survenus, dus à une maladie inconnue que Baba — car tel est le surnom de notre chirurgien — n'est pas encore parvenu à identifier. Cet après-midi nous passerons le chef d'équipage sous la coque de la frégate, et, s'il est encore en état après ce traitement, nous le ferons fouetter pour l'exemple, car nous avons eu vent de rumeurs de mutinerie.

Cependant, pour reposer l'équipage après une si longue traversée, et lui remonter le moral qui semble incompréhensiblement atteint, nous avons décidé d'organiser ce soir une course de petits chevaux sur le gaillard d'avant.

10

LES DANSEUSES DE WOGA-WOGA

Ouvrons une courte parenthèse pour parler de quelques croisières et voyages qui sortent de l'ordinaire. Il existe certains navires battant pavillon de complaisance et affrétés par des agences de fantaisie, qui promettent toutes les joies du voyage en mer à des prix défiant toute concurrence. (Conditions particulièrement avantageuses pour groupes et étudiants.)

Une fois à bord, les passagers affolés apprennent, de la bouche du commandant ivre, que le navire sur lequel ils ont embarqué a brûlé sous pavillon français. Réparé par des acheteurs italiens, il a coulé amarré au port. Remis à flot, il a été vendu aux Grecs, qui, ayant perdu le gouvernail, ont réussi à l'échouer, laissant à leurs clients turcs le soin de le renflouer pour le vendre à bas prix à un ferrailleur mis en prison avant d'avoir pu prendre livraison de l'épave.

La nourriture est à ce point immonde que seules les punaises grossissent à bord, et qu'il n'est point besoin de chute barométrique pour éprouver les symptômes du mal de mer. Les machines, si poussives que même le mécanicien hésite à les visiter, tombent en panne en pleine mer. Le commissaire, se grattant la panse sous le maillot de corps graisseux, annonce aux passagers les changements d'itinéraire du navire, qui, négligeant une escale prestigieuse, s'en

STEICHEN
Aloha!
Back soon, HAWAII!
Heartfelt wish of friends leaving and friends remaining, charmingly expressed in leis, tossed into the wake of departing ships. If the garlands reach shore, the mutual wish will be fulfilled. You will be back soon! To more happy days, as all days are . . . in Hawaii.
Your Travel Agent or MATSON LINE offices will gladly give you illustrated literature about HAWAII and the SOUTH SEAS.
Matson Line TO Hawaii · NEW ZEALAND · AUSTRALIA
VIA SAMOA · FIJI
S. S. LURLINE · S. S. MARIPOSA · S. S. MONTEREY · S. S. MATSONIA
COPR. 1941 MATSON NAVIGATION CO.

va embarquer du bétail dans un port perdu que les Phéniciens, pas bêtes, évitaient déjà. Seul l'espoir d'un esclandre dans les bureaux de l'agence fait vivre les malheureux passagers, qui, au terme de leur étrange aventure maritime, apprendront que la faillite les a privés de leur vengeance.
On parle beaucoup de ces longs et agréables voyages que l'on peut faire sur ces cargos modernes embarquant un nombre restreint de passagers. Cela ne manque pas de charme, en effet, mais les distractions étant rares à bord d'un bananier exigu, tout dépend de la personnalité des membres de l'équipage dont on va partager la vie pendant de longues semaines. C'est un pari comparable à celui de la roulette russe, et j'ai connu un homme pondéré qui a abandonné son cargo avec soulagement dans un port d'une république d'Afrique orientale en pleine guerre civile, tout simplement parce que le commandant meublait ses loisirs en jouant du violoncelle, accompagné au trombone à coulisse par le premier officier.
On organise de nos jours des croisières spécialisées : musicales, historiques, scientifiques. Un club de vacances a même essayé d'acclimater son ambiance bon enfant à bord d'un navire spécialement affrété. Gentils membres et gentils organisateurs, pieds nus et en paréo, ont reconstitué sur les ponts la vie d'un village tahitien, sous les yeux ahuris d'officiers en strict uniforme blanc et de boscos bretons perplexes.
Les croisières américaines sont, elles aussi, assez spéciales dans leur genre. Les films, les romans, ont donné une certaine image du voyage en mer aux Américains, et ceux-ci tiennent à s'y conformer. Les coutumes sont strictes, et les paquebots, magnifiques en général, sont conçus pour donner satisfaction à leur clientèle. **Au départ, il est prévu que les passagers jetteront des serpentins à leurs amis restés sur le quai, que le bateau s'éloignera pendant que l'orchestre jouera : « Ce n'est qu'un au revoir mes frères »,** et que les passagers feront la farandole autour des ponts, conduits par les nombreux animateurs professionnels du bord. Eh bien, cette cérémonie se répétera à chaque escale au seul bénéfice, parfois, des guides, chauffeurs de taxi et marchands de cochonneries stupéfaits.
Alors qu'ils disposent de vastes salons, bars et boîtes de nuit, l'usage veut que les passagers offrent des « parties » dans leur cabine exiguë. Bill, Jane, John,

Mabel, bousculés, serrés, s'en donnent à cœur joie et vont d'une cabine à l'autre, car les « parties » sont nombreuses; on réveillonne tous les soirs.
Aux escales aussi les Américains aiment trouver ce qu'ils s'attendent à y voir : les danseuses de l'île de Woga-Woga ne sont pas bien jolies ? Qu'à cela ne tienne : la compagnie fera venir des indigènes d'Hawaï, de Floride ou de Californie. Les danses ne sont pas conformes à l'idée que l'on se fait de la chose ? Facile : un maître de ballet viendra régler les danses sacrées comme il l'a déjà fait au Radio City Music Hall, où s'est d'ailleurs produit le groupe folklorique qui attend les passagers dans l'hôtel Hilton.
Mais ne vous y trompez pas : moins naïf qu'il veut bien le paraître, le passager américain, bon enfant et bon public, a tout simplement décidé de jouer un jeu qui l'amuse pour le dépayser. Et sur ces paquebots où tout est efficacité, où les décorateurs ont tout fait pour faire oublier aux voyageurs qu'ils sont à bord d'un navire, personne ne serait jaloux de l'ambassadeur et de ses privilèges de passerelle.
Il y a une fausse passerelle au-dessus de la vraie, réservée à toute heure aux passagers. À tous les passagers.
Mais il nous faut parler maintenant de la merveille des merveilles, de cette survivance du passé qu'est le *France*. Admirable paquebot avec son personnel qui souhaite que vous exigiez l'impossible pour avoir le plaisir de vous satisfaire aussitôt. **Une des meilleures tables du monde, où même les chiens ne sont pas oubliés, car ils ont le choix entre plusieurs menus, allant du végétarien à la Préférence du danois (os de côte de bœuf).** Le luxe de bon goût, le confort parfait, une tradition malheureusement surannée, voilà quelques-unes des caractéristiques de ce magnifique géant. Et je n'écris pas cela pour décrocher une invitation de la part de la Compagnie générale transatlantique, qui peut cependant toujours me joindre chez mon éditeur, et fermons cette courte parenthèse.

Pour votre Toutou . . . . Madame
Pour votre fidèle
Compagnon . . . Monsieur

MENU

Le Plat de Tayaut
(Consommé de Bœuf - Toasts - Légumes)

Le Régal de Sweekey
(Carottes - Viande Hachée - Epinards - Toasts)

La Gâterie "FRANCE"
(Haricots Verts - Poulet Haché - Riz Nature - Arrosé de Jus de Viande et de Biscottes en Poudre)

La Préférence du Danois
(Os de Côte de Bœuf, de Jambon et de Veau)

Le Régime Végétarien des Dogs
(Tous les Légumes Frais et Toutes les Pâtes Alimentaires)

Biscuit - Ken'l

COMPAGNIE GÉNÉRALE TRANSATLANTIQUE

French Line

PAQUEBOT "FRANCE"

Extraits absolument authentiques d'un prospectus américain

1. Sur le pont, **faites des gestes d'amitié** à vos amis restés sur le quai.
2. **Dites hello !** aux autres passagers faisant des gestes d'amitié à leurs amis à eux.
3. Vous avez défait vos bagages et vous avez constat à quel point votre cabine est confortable. **Toutes les cabines possèdent l'air conditionné, le téléphone et la haute-fidélité.**
4. **Faites connaissance** avec le commandant et avec tout le monde **au Commandant's Champagne Party**.
5. Maintenant, **les barmen** non seulement **connaissent votre prénom**, mais ils connaissent aussi **votre drink préféré**.
6. Célébrez le passage de la ligne de l'équateur avec **Neptune et ses lutins.**
7. **BORA BORA**
   C'est à l'aube que vous aurez la **première vision de l'île**. Le breakfast est servi **au bord de la piscine** pendant que le navire glisse au **travers de la Passe Teavanui vers le lagon**. C'est votre premier contact avec la beauté lointaine de la Polynésie.
8. **TAHITI**
   Le french "savoir-faire" et la sérénité polynésienne se combinent pour faire de **Tahiti le symbole des mers du Sud**. Vous serez de bonne heure sur le pont pour assister à l'**arrivée dans la rade de Papeete**.
9. Visitez **L'ÎLE DE MOOREA**.
   La beauté de cette île a inspiré Michener, l'auteur de *Bali H'ai*.

10. Dégustez un **buffet froid au bord de la piscine** en comparant avec vos amis vos impressions de Tahiti.

11. Rarotonga
Chanteurs et danseurs indigènes viennent à bord avec leurs embarcations typiques **pour vous distraire** avec un peu des meilleurs **chants et danses du Pacifique**.
Vous apprendrez des légendes qui remontent loin dans l'histoire de la Polynésie ;
et **vous ferez des achats au marché flottant**.

12. Relaxez-vous sur votre chaise longue et pensez au dîner (curry de homard avec de l'avocat, peut-être).

13. NOUVELLE-ZÉLANDE
Tandis que votre bateau entre dans la **baie de Waitemata**, vous pouvez voir la ville d'**Auckland, derrière les plages blanches**. Pendant que vous serez là-bas, vous pourrez **visiter la célèbre grotte aux lucioles**.

14. Votre sommelier vous proposera sans doute **un cru australien** pour vous mettre dans l'ambiance de votre prochaine escale.

15. ET 16. Passons sur la description romantique de **Sydney** et des **kangourous et koalas en liberté** dans le zoo.

17. Dégustez votre petit déjeuner au lit.

18. NOUMÉA
Méditerranéenne d'aspect avec une atmosphère des mers du Sud et une attitude gauloise, spécialement en ce qui concerne la nourriture. Vous achèterez des produits français.

19. Dansez toute la nuit au salon.
L'orchestre jouera vos airs préférés.

20. NIUAFO'OU L'île de la boîte en fer-blanc
Il y a bien longtemps, la coutume voulait que les navires passant devant l'île envoient le courrier dans des boîtes en fer-blanc scellées. Cette ancienne coutume est perpétuée de nos jours par notre compagnie.

21. Organisez une "party" dans votre cabine.
Nous enverrons les cartes d'invitation gravées et nous vous fournirons le personnel – gracieusement, of course.

22. PAGO PAGO
Les **indigènes** amicaux, les **huttes** impeccables, le rythme de **la siva-siva** resteront dans vos souvenirs de cette **île paisible**.

23. Faites un tour sur le pont **promenade sous la lune des mers du Sud**.
Un moment de calme sur le pont sera peut-être le souvenir que vous chérirez le plus.

24. HAWAÏ
- Admirez la vue de **la baie d'Honolulu**.
- Jetez une pièce de monnaie aux plongeurs indigènes.
- Ecoutez la fanfare royale hawaïenne jouer Beyond the Reef.
- Mettez un collier de fleurs.

N'est-ce pas comme ça que vous avez toujours rêvé d'arriver à Hawaï ?

25. Jetez votre collier de fleurs à la mer.
La légende dit que cela est votre **promesse de retour**.

26. Ravivez vos souvenirs des mers du Sud durant **la Nuit polynésienne**.

27. SAN FRANCISCO
Passer sous le **Golden Gate Bridge** constitue une finale dramatique pour votre croisière.
Et vos souvenirs commencent seulement.

11
POURBOIRES

N
NW
NE
W
E
SW
SE
S
COMPAGNIE DES PAQUEBOTS DU PACIFIQUE ET DE L'ATLANTIQUE
C.PA.P.A.

Sur la carte murale où se trouve tracé l'itinéraire du voyage, le petit drapeau indiquant la position du navire s'est considérablement approché de son point de départ ; la boucle va être bouclée, la traversée touche à sa fin.

Il semble incroyable aux passagers que bientôt il faudra débarquer, et ils contemplent déjà avec nostalgie leur cabine encombrée d'objets et devenue aussi familière qu'une vieille robe de chambre.

Les voyageurs ont un nouveau sujet de préoccupation, et de petits conciliabules discrets ont lieu dans les salons, les ponts et les coursives. On se tait au passage des membres de l'équipage, qui ont du mal à réprimer un sourire. Ils savent, eux, qu'il est question des pourboires.

Problème épineux que celui des pourboires à bord d'un paquebot ! Que faut-il donner à ces serviteurs de plus en plus zélés à mesure que le petit drapeau avance sur la carte ? Comment traiter ces gens avec lesquels on a vécu pendant tant de jours, et qui sont devenus des intimes, des amis à qui l'on a fait des confidences, qui vous ont soigné et conseillé pendant le mal de mer, qui vous ont dit où acheter des cochonneries aux escales pour le prix le moins scandaleux ?

On questionne les quelques habitués de la ligne. C'est encore une heure de gloire pour le couple-qui-a-déjà-voyagé-sur-la-ligne-et-qui-etc. **Mais il faut se méfier des renseignements ainsi obtenus ; les gens ont toujours tendance à conseiller des pourboires plus faibles que ceux qu'ils ont l'intention de donner, pour se valoriser aux yeux du personnel.** Quelques naïfs demandent conseil directement au commissaire. Celui-ci, à l'inverse des habitués, par solidarité professionnelle envers ses subordonnés, prône en général de somptueuses libéralités basées sur des pourcentages déments du prix du passage.

Et puis, à qui faut-il donner des pourboires ? Ne risque-t-on pas de vexer le maître d'hôtel principal, si important et si digne avec son sourire discret, en lui remettant une petite enveloppe ? (Non, on ne risque rien, quel que soit le format de l'enveloppe. C'est l'épaisseur qui compte.)

Et l'animateur ? Faut-il donner quelque chose à celui-là, que rien ne distingue des passagers, si ce n'est le mépris ouvert qu'ont pour lui ceux pour qui le pourboire ne fait aucun doute ? Et les musiciens ? Et les grooms ? Faut-il ? Ne faut-il pas ?

Après s'être consultés, les passagers s'observent avec méfiance, essayant d'évaluer la générosité du voisin. Sur un point tout le monde est d'accord : ce n'est pas le vieux gâteux qui va les enrichir,

ceux du personnel. Toujours morose, toujours froid, toujours distant, le vieux gâteux doit les lâcher avec des élastiques, comme l'a dit le boute-en-train, qui a assorti sa remarque d'un calembour qui a détendu un peu les passagers soucieux.

Et, cela paraît incroyable, mais ce soir c'est déjà – déjà ! – le gala d'adieu.

Ces galas ne sont plus qu'une routine pour les passagers qui voient encore une fois les garçons du bar accrocher les guirlandes. Les passagères, qui ont de l'expérience à présent, sont devenues plus exigeantes chez le coiffeur, qui doit maintenant faire quelques efforts d'imagination dans l'exercice de son art. Ce gala a cependant une particularité : c'est celui de la dernière chance pour ceux qui n'ont pas encore été invités à la table du commandant. Eh, oh bonheur ! le couple-qui-a-déjà-etc. a enfin reçu le petit carton tant espéré. Roses de plaisir, monsieur et madame se sont répandus publiquement en lamentations, disant à qui veut les entendre : « Nous pensions déjà que nous allions échapper à la corvée ! »

PAQUEBOT "ANTILLES"

Commandant Jean AUDIN

Merci pour la grenadine
Simon

En regrettant de ne pas m'être trouvé, avec vous, sur une île déserte...

Varson Yendo

Je savais qu'il existait une terre promise, j'ignorais que ma promise se trouverait en mer...

Joseph

En souvenir d'une agréable traversée !

Denyse Polaro-Millo

DINER DE GALA

Les flots bleus sont devenus, grâce à vous, des flots de champagne !

[signature]

Nice vous attend...
Gilberte

à Bientôt à Paris !

[signature]

En Mer, le Mardi 25 Août 1964.

Les grands menus-souvenirs ont fait leur apparition sur les tables. Cette fois-ci, tout le monde insistera pour les faire signer par tout le monde, pour conserver ainsi un souvenir impérissable de la traversée et de ses gais compagnons.

Les gais compagnons sont particulièrement en verve, et ils écrivent des : « En regrettant de ne pas m'être trouvé sur une île déserte avec vous… », des : « Les flots bleus sont devenus, grâce à vous, des flots de champagne ! », de banals : « En souvenir d'une agréable traversée », et d'optimistes : « À bientôt, à Paris ».

Dans le même tiroir oublié, prendront place, avec les menus, les rubans portant le nom du navire, que les dames ont posés sur leur coiffure. Le boute-en-train s'en est fait une moustache, le vieux gâteux a mis le ruban dans sa poche, et la jolie fille l'a noué autour de son cou gracile, laissant pendre les bouts dans son décolleté, où ils rencontrent le regard mouillé du fils de l'ambassadeur.

Le fils de l'ambassadeur n'a pas lâché la jolie fille de la soirée : il est d'excellente humeur, car il a appris qu'on longe les côtes et que l'accès de la passerelle est formellement interdit aux personnes étrangères au service. Le commandant a d'ailleurs été obligé de remonter à son poste après avoir ouvert le bal avec la dame-qui-a-etc.

L'animateur a été particulièrement véhément, et la plupart des passagers ont décidé de ne pas lui donner de pourboire. C'est presque à l'aube que les musiciens, toujours plus las, toujours plus verdâtres, ont joué le dernier morceau de la traversée : « Ce n'est qu'un au revoir mes frères. » Ils ont été acclamés par les derniers assidus, dont quelques-uns avaient les yeux humides. Le jeune lieutenant, notamment, qui venait d'arriver.

Avis affiché dans le hall de réception, pont C, près du bureau du commissaire

AVIS

MM. les passagers sont
informés que les billets SNCF
pour le train transatlantique
sont en vente dès aujourd'hui
au bureau des renseignements.
Les formalités de police et
de douane auront lieu dans
le bar-fumoir des premières
classes pont A, à...

12

TERRE !

Ce ne sont pas les plantes qui flottent sur les vagues, ni les oiseaux qui tournent de plus en plus nombreux autour du navire, ni la brise tiède, qui annoncent la proximité de la terre et la fin du voyage, mais plutôt les avis placardés un peu partout informant les passagers des formalités qu'ils auront à accomplir pour le débarquement et l'enregistrement des bagages.

On commence déjà à faire la queue devant le bureau des renseignements pour acheter les billets du train transatlantique. Et ces billets, bien terre à terre, encore incongrus à bord du paquebot, indiquent que tout est fini, que demain matin à l'aube on sera arrivé.

Les passagers, les passagères surtout, restent dans leur cabine pour faire les bagages. **Sur le pont, la plupart des chaises longues sont vides, peu de monde au bar. Quelques isolés éprouvent une sorte de plaisir vaniteux à dire : « Bah, j'ai tout mon temps ! Je n'ai encore rien rangé; je ferai mes valises à la dernière minute ! »** Ces passagers sont en général les mêmes qui, au début du voyage, n'ont pas assisté à l'exercice d'abandon, et qui ont failli rater le bateau aux escales; ils ont le snobisme du retardataire, de celui qui ne participe pas. Cependant, ils cèdent à la panique quand ils voient arriver un

confrère qui, avec un soupir de soulagement, annonce que, ouf, toute sa petite layette est bien rangée sous clé.
Le problème des pourboires n'est toujours pas résolu que l'on se préoccupe déjà de la douane. Les petites cochonneries achetées aux escales causent du souci. Les optimistes disent que les douaniers sont particulièrement indulgents dans les trains transatlantiques ; les autres ont des informations alarmantes au sujet de nouvelles consignes de sévérité données par l'administration des Douanes à ses redoutables représentants. Au bar et dans le salon, le front barré de rides, les voyageurs remplissent les formulaires de déclaration que l'on a distribués dans les cabines en même temps que le journal du bord, sur lequel figure l'heure de départ des trains transatlantiques. Ayant rangé leurs vêtements de croisière dans les valises, les passagers ont pris un aspect inhabituel : costumes sombres, tailleurs de lainage, chaussures de ville. Même le petit monstre est engoncé dans un costume gris clair, qu'il faudra certainement nettoyer avant le débarquement.
Au bar, le barman fait ses comptes et distribue de petites enveloppes à ses clients qui s'extasient devant la modicité des sommes demandées, les alcools étant détaxés à bord. Les premiers pourboires sont distribués, provoquant les premiers sourires ravis ou impénétrables des bénéficiaires. Le barman, tout à son inventaire, n'a plus beaucoup de temps pour faire la conversation. Il n'y a plus de cartouches de cigarettes à vendre, les jeux de dames, d'échecs et de dominos sont rangés. La piscine a été vidée et un filet de protection a été mis en place.

L'ambiance évolue de plus en plus vite ; déjà les jolies filles et les officiers ont mystérieusement disparu. Ce sont les premiers acteurs à faire leur sortie, et ils ne reviendront pas pour un dernier rappel. **Le repas est un peu moins bon que d'habitude ; la cuisine solde ses stocks.** Dans la salle

à manger, clients et personnel s'observent ; l'heure fatidique approche. Et enfin, discrètement, sans en avoir l'air, alors que tout le monde y pense, les enveloppes changent de main. Si la popularité du couple-qui-etc. ne semble pas être en hausse, le vieux gâteux, par contre, comme il fallait s'y attendre, a droit à de nombreuses courbettes ; le maître d'hôtel principal lui a longuement parlé, a éclaté de rire et lui a chaleureusement serré la main avant de se précipiter pour lui ouvrir la porte de la salle à manger.

Il paraît que le gros monsieur silencieux qui ne se sépare jamais de son porte-documents a téléphoné à terre. Dans le bar, on est assez dépaysé d'avoir à payer comptant les consommations, et on commence à échanger des cartes de visite, se promettant de continuer à terre des amitiés si intimement liées par tant de jours de vie en commun.

L'après-midi se traîne, et c'est avec soulagement que l'on va dîner. C'est le dernier repas à bord ; les jeux sont faits, les pourboires sont distribués, les salières et les poivriers en argent sont prudemment rangés dans les buffets, et il ne reste plus de saumon fumé. On serre la main des garçons, qui ont retrouvé leur sérénité et leur courtoisie professionnelles. On quitte pour la dernière fois la salle à manger, pendant que le maître d'hôtel principal en personne fait flamber ses dernières crêpes pour le vieux gâteux.

La terre est vraiment toute proche, il y a beaucoup de lumières à l'horizon, et l'on croise toutes sortes de bateaux. La houle longue et majestueuse à laquelle on s'était habitué fait place à une sorte de clapotis glauque.

Il faut se coucher tôt, car demain on arrive de bonne heure, et le bar est fermé.

Dans le poste d'équipage, Yann Le Grohidec entasse dans son sac les souvenirs qu'il rapporte à sa famille : une lampe faite avec un coquillage pour ses vieux ; un cendrier décoré avec des ailes de papillons pour la cousine Marie-Jeanne et son mari ; un étui à cigarettes en bois peint pour le cousin Yvon, et, enfin, un petit bracelet doré pour une destinataire dont le mousse tient absolument à garder l'identité secrète.

Dernier avis,
affiché dans le hall de réception, pont C,
près du bureau du commissaire

AVIS

Toute personne
ayant trouvé un briquet
est priée de
le rapporter d'urgence
à M. Varsow Yendo.

ANCERVILLE

13

TOUS LES PASSAGERS À TERRE

Seuls les quelques excentriques qui ont décidé de ne pas se coucher ont vu l'aube se lever sur un port familier et le pilote monter à bord.

Les machines poussent leur dernier soupir, et le navire accoste au quai de départ, qui n'a pas changé depuis tant de jours : les mêmes inscriptions sur les murs, les mêmes grues, les mêmes wagons. Les passagers qui émergent de leurs cabines reconnaissent, après tant de tenues pittoresques, les uniformes habituels de tout ce petit monde qui peuple les gares maritimes : policiers, douaniers et porteurs.

Les bruits de la ville ont fait irruption à bord; des individus étranges parcourent les coursives. On voit des jeunes gens affairés et d'une sobre élégance entrer et sortir des appartements de luxe de l'ambassadeur. Sur le quai, quelques personnes agitent des mouchoirs; il s'agit de parents et amis de l'équipage. Le maître d'hôtel principal, avec un large sourire de toutes ses dents, salue une femme et trois grands garçons qui hurlent : « Eh ! ça va, p'pa ? »

Les passagers font la queue au bar où se tiennent les autorités d'immigration et de douane, et ils regardent autour d'eux, surpris. Les meubles ont changé de place, les tables ont disparu, les fauteuils sont rangés le long des parois, et

des cordes ont été placées pour canaliser la foule. Est-ce possible que ce soit sur cette même piste que l'on a dansé tant de nuits ? Est-ce vraiment ici que le boute-en-train s'est ridiculisé au micro ? Qu'est devenue la table sur laquelle le gros monsieur silencieux travaillait à ses mystérieux dossiers ? Où sont passés les tabourets du bar sur lesquels la jolie fille et ses admirateurs consommaient des cocktails compliqués ?

Tout le bateau a changé : dans les coursives, devant la porte des cabines, s'entassent les bagages que les porteurs viennent chercher. Sur les ponts, les chaises longues ont disparu ; finis les quartiers chics, terminés les ouvroirs où se réunissaient dames et bonnes sœurs pour juger et jauger les compagnons de traversée. Les tables de ping-pong ne sont plus là, le filet du deck tennis a disparu, et un policier distrait se tient sur le numéro 10 du jeu de palets.

L'équipage aussi a disparu ; on ne voit qu'un steward à veste blanche qui passe, décontracté, et un jeune officier anonyme qui descend la passerelle le premier pour se diriger vers le bureau de la douane.

Et les passagers débarquent sur le quai frisquet. C'est un bien triste ramassis ; il est difficile d'imaginer qu'ils viennent de faire une luxueuse croisière. Encombrés de bagages à main, énervés, angoissés, ils ont peur de rater le train, de passer après les autres devant les douaniers.

Ils ne se connaissent plus, ils ne se reconnaissent plus. Le couple-etc., lui-même, a changé totalement de personnalité ; finis les enfantillages, les petites vanités. Monsieur parle avec autorité au porteur ; il ne prend pas le train, son chauffeur l'attend, et madame est déjà dans la voiture. Très vite, le couple est parti.

Tous les passagers sont à terre, c'est fini. L'ambassadeur et sa famille partent par la route, eux aussi, et le fils de l'ambassadeur n'a plus que le temps de jeter un dernier regard nostalgique sur le train qui s'en va, emportant la jolie fille, sa mère, et tous les autres.

Une grue plonge ses crochets dans le bateau pour achever de le vider.

Il n'y a pas de temps à perdre ; dans quelques jours retentira à nouveau le cri magique :

TOUS LES VISITEURS À TE

RRE !

PORT OF FREMANTLE

Dessin de René Goscinny

CONCLUSION

Ceux qui, hier encore, étaient des passagers, ont retrouvé leur existence quotidienne et leurs soucis. Un peu étourdis pendant quelques jours par le bruit, la foule, et le rythme d'une vie qui ne permet plus d'aller faire la sieste dans la cabine après le déjeuner, bientôt ils ne garderont plus qu'un souvenir diffus de ces quelques semaines entre parenthèses. Ils retrouveront parfois un menu jauni couvert de signatures illisibles, un accessoire de cotillon déchiré. Un visage aperçu dans la rue leur paraîtra vaguement familier, mais ils ne reconnaîtront pas vraiment le vieux gâteux qui se hâte vers ses occupations.

Un jour, peut-être, dans un café près de la gare Montparnasse, ils diront : « Regarde ! Le garçon, là-bas, le petit jeune ! Tu ne trouves pas qu'il ressemble au mousse du bateau ? Celui qui avait perdu ses chaussures à l'escale ? »

Car il n'est pas certain que Yann Le Grohidec rembarquera à bord du navire. Tout porte à croire, malheureusement, que les traversées maritimes seront bientôt une chose du passé, et que nous n'aurons plus la sagesse de faire en quelques semaines ce que l'on peut faire en quelques heures.

Et nous ne pourrons plus jamais admirer l'indicible beauté d'un paquebot brillant de toutes ses lumières, posé, la nuit, sur les eaux calmes d'un port.

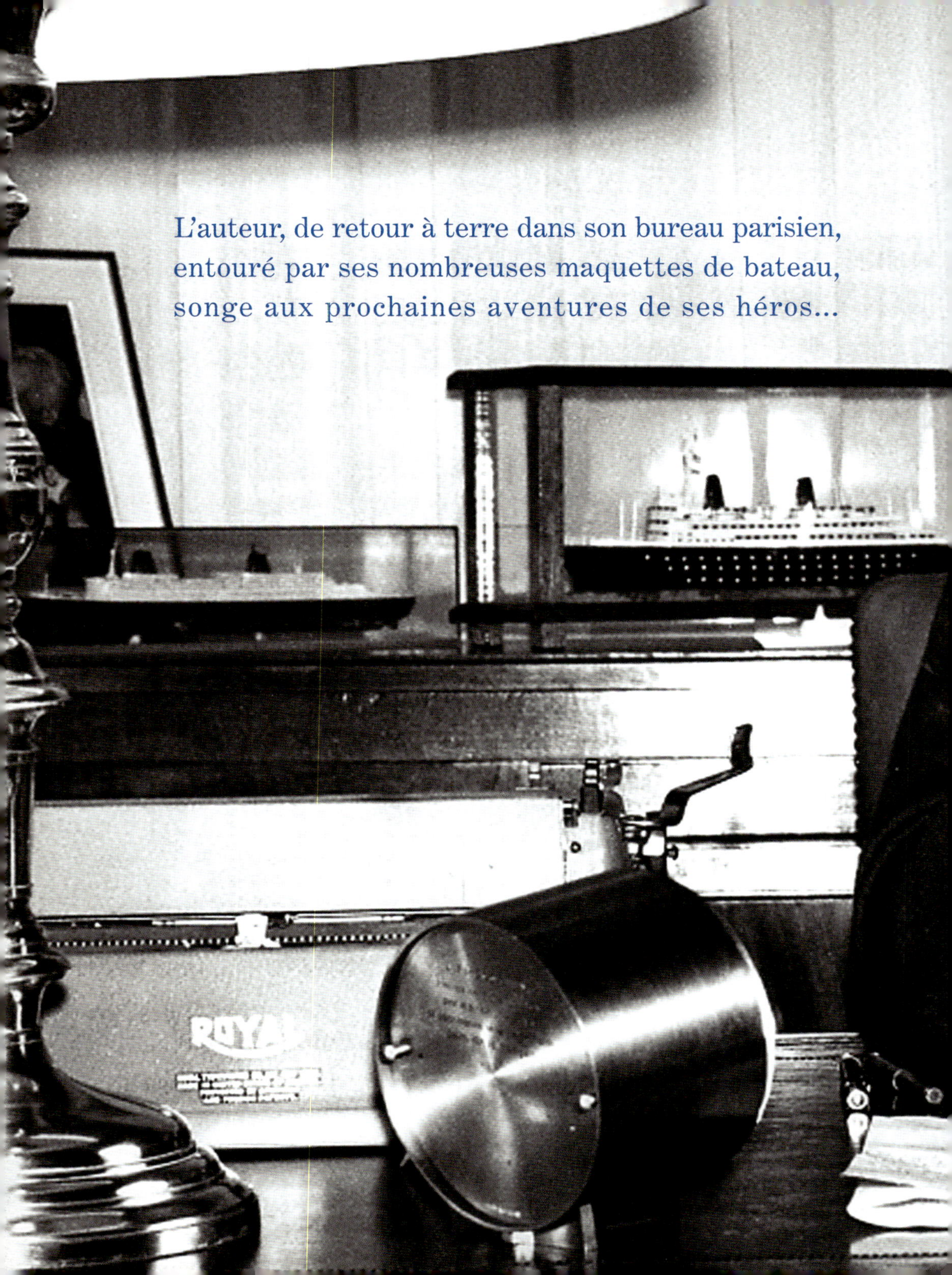

L'auteur, de retour à terre dans son bureau parisien, entouré par ses nombreuses maquettes de bateau, songe aux prochaines aventures de ses héros...

Page extraite de *Astérix aux Jeux Olympiques*

LES GAU... LES GAUGAU...

RENÉ GOSCINNY a nourri son œuvre de ses souvenirs personnels de traversées en paquebot. En effet, ses héros ont tous un point commun : ils naviguent sur des océans de papier. La passion des croisières de l'auteur a allègrement gagné ses personnages, des plus connus aux plus discrets.
Commençons par l'incontournable : Astérix ! Au fil des albums, les auteurs embarquent leurs héros sur toutes sortes de navires : frêles esquifs de pêcheurs, navires marchands phéniciens, galères égyptiennes qui croisent, pour le plus grand bonheur des lecteurs, drakkars normands, galères romaines ou vaisseaux pirates.
Dès ses premières collaborations avec Uderzo, on rencontre un jeune et glorieux corsaire, Jehan Pistolet, ou encore Hubert de la Pâte Feuilletée qui traverse l'Océan à la rencontre de l'Indien Oumpah-Pah.
René Goscinny consacrera des séries entières à la navigation comme *Capitaine Bibobu*, un capitaine au long cours retraité, ou *Jacquot le mousse* embarqué sur le *SS Bouchon* pour une croisière pleine d'imprévus.
En 1976, il écrit même le livret d'un opéra-bouffe, mis en musique par Gérard Calvi, *Trafalgar*, dont le sous-titre est : « Drame maritimo-fiscal » !
Lucky Luke, Iznogoud, Luc Junior, Spaghetti ou Strapontin n'échapperont pas non plus à quelques traversées !
Non seulement René Goscinny, dans ses œuvres, restitue avec justesse et humour l'ambiance et le charme des croisières luxueuses mais aussi le langage maritime qui lui est si familier.
Il n'omet ni l'abondance des buffets à bord, ni les escales, ni même le rituel gala d'adieu.
Récit autobiographique, *Tous les visiteurs à terre !* est non seulement une croisière dont on voudrait qu'elle ne s'arrête jamais mais aussi un texte qui viendra éclairer les amateurs de l'œuvre de René Goscinny.

Uderzo et Goscinny, en croisière, à bord d'un célèbre paquebot.

BIBLIOGRAPHIE DE RENÉ GOSCINNY

AUX ÉDITIONS HACHETTE

Astérix 25 volumes, Goscinny & Uderzo, (Dargaud 1961), 2009.

AUX ÉDITIONS ALBERT RENÉ

Astérix 9 albums, Uderzo sous la double signature Goscinny & Uderzo, 1980.
Comment Obélix est tombé dans la marmite du druide quand il était petit
Goscinny & Uderzo, 1989, 2009.
Astérix et la rentrée gauloise Goscinny & Uderzo, 1993, 2003.
Astérix et la surprise de César d'après le dessin animé, 1985.
Le Coup du menhir (*idem*), 1989.
Astérix et les Indiens (*idem*), 1995.
Astérix et les Vikings (*idem*), 2006.
Astérix aux Jeux Olympiques d'après le film, 2008.

Oumpah-Pah 3 volumes, Goscinny & Uderzo, 1961, 1995.

Jehan Pistolet 4 volumes, Goscinny & Uderzo, 1989, 1998.

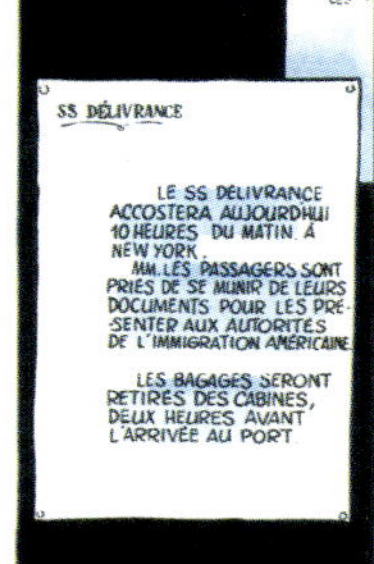

AUX ÉDITIONS LEFRANCQ

Luc Junior 2 volumes, Goscinny & Uderzo, 1989.

Benjamin et Benjamine, les naufragés de l'air Goscinny & Uderzo, 1991.

AUX ÉDITIONS DUPUIS
Lucky Luke 22 volumes, Morris & Goscinny, 1957.
Jerry Spring, La Piste du Grand Nord Goscinny & Jijé, 1958.

AUX ÉDITIONS LUCKY COMICS
Lucky Luke 19 volumes, Morris & Goscinny, 1968, 2000.

AUX ÉDITIONS TABARY
Iznogoud 8 volumes, Goscinny & Tabary, 1986.
12 volumes, Tabary sous la double signature Goscinny & Tabary.
Valentin le vagabond Goscinny & Tabary, 1975.

AUX ÉDITIONS DARGAUD
Iznogoud 8 volumes, Goscinny & Tabary, 1969, 1998.

Les Dingodossiers Goscinny & Gotlib, 3 volumes, 1967.

AUX ÉDITIONS DU LOMBARD

Spaghetti 11 volumes, Goscinny & Attanasio, 1961.
Modeste et Pompon 3 volumes, Franquin & Goscinny, 1958.
Chick Bill, La Bonne Mine de Dog Bull Tibet & Goscinny, 1959.
Les Divagations de Monsieur Sait-Tout Goscinny & Martial, 1974.

Strapontin 6 volumes, Goscinny & Berck, 1962.

AUX ÉDITIONS VENTS D'OUEST

Les Archives Goscinny 4 volumes, Goscinny & collectif, 1998-2000.

Les Aventures de Pistolin

Le Journal Tintin

La Fée Aveline

Jacquot le mousse suivi de Tromblon et Bottaclou, Goscinny & Godard.

AUX ÉDITIONS DE LA MARTINIÈRE

Capitaine Bibobu 2005.

AUX ÉDITIONS DENOËL

La Potachologie 2 volumes, Goscinny & Cabu, 1963.
Les Interludes Goscinny, 1966.
Le Petit Nicolas Goscinny & Sempé, 1960.
Les Récrés du Petit Nicolas Goscinny & Sempé, 1961.
Les Vacances du Petit Nicolas Goscinny & Sempé, 1962.
Le Petit Nicolas et les copains Goscinny & Sempé, 1963.
Prix Alphonse Allais
Le Petit Nicolas a des ennuis Goscinny & Sempé, 1964.

AUX ÉDITIONS IMAV

Histoires inédites du Petit Nicolas
Goscinny & Sempé, 2004.
Globe de Cristal 2006 « Prix de la Presse pour les arts et la culture »
Histoires inédites du Petit Nicolas – volume 2
Goscinny & Sempé, 2006.
Le Petit Nicolas – Le ballon et autres histoires inédites
Goscinny & Sempé, 2009.
Du Panthéon à Buenos Aires – Chroniques illustrées
Goscinny & collectif, 2007.

AUX ÉDITIONS DU LIVRE FRANÇAIS

La Fille aux yeux d'or
Texte Honoré de Balzac, dessins René Goscinny, 1947.

AUX ÉDITIONS KUNEN PUBLISHERS

Playtime Stories Goscinny & Fred Ottenheimer, 1949.
The Monkey in the Zoo 1949.
Water Pistol Pete and Flying Arrow 1949.
The Little Red Car, Round the World, The Jolly Jungle,
Goscinny avec Elliott Liebow et Harvey Kurtzman, 1949.

Site officiel www.goscinny.net

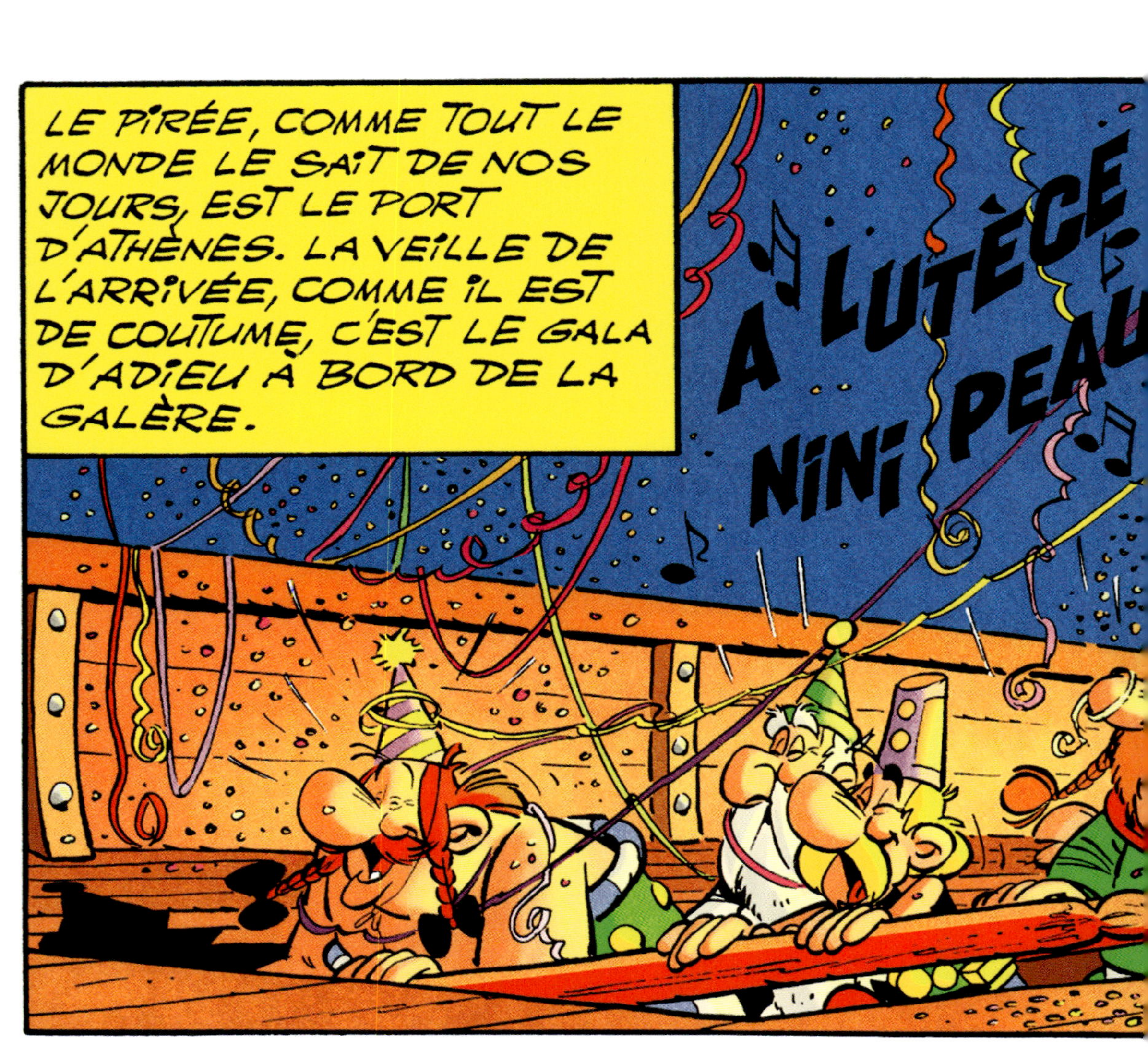
LE PIRÉE, COMME TOUT LE MONDE LE SAIT DE NOS JOURS, EST LE PORT D'ATHÈNES. LA VEILLE DE L'ARRIVÉE, COMME IL EST DE COUTUME, C'EST LE GALA D'ADIEU À BORD DE LA GALÈRE.
A LUTÈCE
NINI PEAU

N L'AIME BIEN
'SANGLIEEEEER !

L'ÉDITEUR REMERCIE

Erminio Eschena et Miranda Ford, de MSC Croisières, qui sans hésitation se sont embarqués sur notre navire

Caroline Guillot qui a réalisé un formidable travail de recherche iconographique et de rédaction

Emmanuel Soulier qui s'est immergé dans les archives de René Goscinny

Céline Adida, Armelle Bachelier et Roselyne Guigues du ministère de l'Écologie, de l'Énergie, du Développement durable et de la Mer, Scott Becker, J.-D. Clerc de la Galerie Un Deux Trois - Genève - Suisse - www.gal-123.com, Christian Dawe (« Dawe Collection » - Maritime Museum Göteborg), Jean-Claude Dufort, Eric Flounders (Cunard), Jeff Hull (Matson) et Alan Pearce (Fremantle Ports) pour leur aimable autorisation, Lars Hemingstam, Guy Jelensperger, Patricia Lastier (Getty images), Michel Lebailly (Librairie Goscinny), Thierry Le Gloanic, Roxane Lenoir, Alain Lévy, Pascal Malval, Pierre Matraiotti, Neil Mc Cart, Nick Messinger, Jeremy Michell, Jean-Yves Nicolas, Anna-Lena Nilsson et Maile Meria du Sjöfartsmuseet Maritime Museum - Göteborg - Suède - www.salship.se, Philippe Ramona, Lucien Raoult et A. Reboul, Janet Small du National Maritime Museum de Greenwich, Londres - Angleterre - www.nmm.ac.uk, Charles Trotobas, Mark Turner

Gabrielle Cadringher, pour son accueil et ses encouragements chaleureux

Albert Uderzo, que l'on reconnaîtra sur certaines de ces photos aux côtés de son ami René Goscinny

Isabelle Magnac et Frédérique de Buron, des éditions Hachette

Régis Marsac, des éditions Albert René

Philippe Ostermann et Marie-Hélène Lernould, des éditions Dargaud

Sergio Honorez, Christine Gilbart, des éditions Dupuis

Pôl Scorteccia, Ornella Pecorella, Davina Thirion, des éditions Le Lombard

Jean-Claude Hélary, fondateur et président d'honneur de l'Association française des compagnies de croisières et de l'Association des amis des paquebots, pour ses précieux conseils

Françoise de Tailly, de Mer et Voyages, pour nous avoir ouvert les portes du monde des croisières

Aurélie Fontaine, Simon et Salomé du Chatenet qui ont prêté leur plume pour la rédaction de certaines correspondances figurant dans ce livre

Michèle Corre, qui a si bien connu René et Gilberte Goscinny

Gaëlle Civerman, Nicolas Gaucher, Christelle Lemonnier, Serge Martignon, Émilie Prat, d'IMAV éditions

Les membres de l'Association French Lines qui ont ouvert leurs six kilomètres linéaires d'archives et en particulier : Aymeric Perroy, Clémence Ducroix, Melinda Guettier et Cécile Cailleteau

ICONOGRAPHIE

© Archives Anne Goscinny : 2-3, 8, 10, 14, 16, 17, 24, 25, 27, 34, 35, 36, 38, 41, 42, 46, 50, 51, 52, 54, 55, 58, 63, 64h-b, 70, 72, 77, 79, 81, 82, 84, 86, 87, 88, 89, 102 (photo montage), 108, 110, 112, 113, 114, 115h-b, 116, 117, 118h, 120, 121, 132, 134, 135, 136, 137, 154h, 155, 168
© Collections Association French Lines, tous droits réservés French Lines Diffusion 2010
Les marques « French Line », « Compagnie Générale Transatlantique », « Messageries Maritimes », « France », « Normandie », « Ile de France » ainsi que tous les signes et logos associés sont la propriété de l'Association French Lines : 12h © Beken of Cowes, 12c © Photo Marius BAR - Toulon, 13h, 13c, 13b, 24, 27, 28, 74, 75, 93, 98, 101, 105, 119, 128, 140, 147, 154b, 156, 160, 162, 170, 172
Coll. part. : 32 et 76 Thierry Le Gloanic, 60 Scott Becker, 66 et 133 L. Raoult et A. Reboul, 67 S. Martignon, 99 Nick Messinger, 142 Thomas Wollex, sous license CC-by-sa
DR : photo en couverture, 14, 165, 180-181, 184
Compagnie de navigation Paquet : 12b
© Alain Perceval : 12-13c
Cunard Archive : 48
Fremantle Ports, Western Australia : 176-177
Getty Images : 20 David Boyer / National Geographic, 26 Arthur Schatz / Time & Life Pictures, 96 et 104 Loomis Dean / Time & Life Pictures, 103 Keystone / Hulton Archive, 150 Sasha / Hulton Archive
Grace Line : 22
Holland America Line : 126
© Jp Basile : 164
Matson, California : 22, 100, 144
ministère de l'Écologie, de l'Énergie, du Développement durable et de la mer : 68
Musée maritime de Göteborg : 62
© 2010 Shutterstock.com : hublot en couverture EZbackground, 65 Ungor, 118b Ivonne Wierink, 124 Maine Madness
United States Lines : 130-131
Waterline Collection, National Maritime Museum, Greenwich, London : 90

Astérix : © Les éditions Albert René – Goscinny/Uderzo : 182, 183, 185, 192-193
Capitaine Bibobu : © Goscinny : 178, 190b
Dingodossiers : © Dargaud 2005 – Gotlib/Goscinny : 189h
Iznogoud : © Dargaud 1966 – Goscinny/Tabary : 188b
Jacquot le mousse : © 1959 Goscinny/Godard : 190h
Jehan Pistolet : © Les éditions Albert René – Goscinny/Uderzo : 186b
Luc Junior : © Goscinny/Uderzo : 187
Lucky Luke : © Dupuis 1961 – Morris/Goscinny : 188h
Oumpah-Pah : © Les éditions Albert René – Goscinny/Uderzo : 186h
Spaghetti : © Le Lombard 1976 – Attanasio/Goscinny : 189c
Strapontin : © Le Lombard 1998 - Berck/Goscinny : 189b

h : haut / c : centre / b : bas

Direction éditoriale : Aymar du Chatenet
Maquette : (illusions) Philippe Ghielmetti & Elena Derderian

Achevé d'imprimer en septembre 2010
par l'imprimerie STIPA à Montreuil
Dépôt légal : septembre 2010
Imprimé en France